투신 강태산 5

박선우 장편소설

초판 1쇄 찍은 날 § 2016년 12월 23일
초판 1쇄 펴낸 날 § 2016년 12월 30일

지은이 § 박선우
펴낸이 § 서경석

편집책임 § 배경근
편집 § 이창진

펴낸곳 § 도서출판 청어람
등록번호 § 제387-1999-000006호
등록일자 § 1999. 5. 31
어람번호 § 제1-2594호

주소 § 경기도 부천시 부일로 483번길 40 서경B/D 3F (우) 14640
전화 § 032-656-4452 팩스 § 032-656-4453
http://www.chungeoram.com
E-mail § chungeorambook@daum.net

ISBN 979-11-04-91112-5 04810
ISBN 979-11-04-90979-5 (세트)

투신
강태산

박선우 장편소설

FUSION FANTASTIC STORY

⑤

투신

강태산

CONTENTS

제1장
출정 Ⅱ

강태산은 천천히 움직였다.

그녀의 눈이 자신을 바라보고 있었으나 그는 조금도 망설이지 않았다.

민다영은 마치 얼어버린 사람처럼 보였다.

피식.

원하는 것이었음에도 막상 진도를 나가자 무섭도록 긴장하는 모습에 강태산은 작은 웃음을 지우지 못했다.

서두르지 않고 그녀의 입술을 훔쳤다.

그녀는 강태산의 입술이 자신의 입술로 다가오자 스르륵

눈을 감았다.

차갑던 입술은 시간이 흐르자 점점 뜨겁게 변해갔다.

달콤한 키스.

좋아하는 사람들의 키스는 사탕보다 더 달콤하고 하늘을 둥둥 떠다니는 것과 같은 황홀감을 선사해 준다.

"좋네요."

"뭐가요?"

"다영 씨 입술, 달콤해요."

강태산의 말에 민다영의 얼굴이 붉어졌다.

그녀는 키스가 남긴 황홀감에서 헤어 나오지 못한 모습이다.

"진도가 늦었다고 구박해서 분위기도 잡지 못하고 해버렸어요. 원래 첫 키스는 좋은 환경에서 폼 잡고 해야 되는데 말이죠."

"그래도 좋았어요. 조금 추웠지만… 키스할 동안은 추위도 잊어버렸는걸요."

"다행이네요. 원래는 손부터 잡아야 하는데 다영 씨가 공부 못한다고 타박하는 바람에 몇 칸 건너뛰었습니다. 이해해 주세요."

"호호, 알았어요. 대신 나머지는 천천히 해주세요. 너무 빨리 가면 머리 어지럽거든요."

"그렇게 하겠습니다. 추워요. 이제 들어가세요."

"그럼 들어갈게요. 출장 잘 다녀오세요."

"아 참, 출장 갔다 와서 식구들에게 다영 씨를 소개해 주기로 했습니다."

"날짜가 정해졌어요?"

"아뇨, 날짜는 제가 정해서 따로 연락드릴게요."

"알았어요."

"푹 자요. 그리고 좋은 꿈 꾸세요."

"태산 씨도 조심해서 들어가요."

민다영은 손을 흔들며 아파트 입구를 향해 걸어갔다.

그녀는 몇 걸음마다 강태산을 뒤돌아봤다.

그가 그곳에 서 있기를 바라면서.

자신의 뒷모습이 사라질 때까지 그녀는 강태산이 자신을 바라봐 주기를 원했다.

강태산은 민다영과 헤어진 후 집으로 돌아와 권 여사에게 인사만 하고 곧장 방으로 들어갔다.

시간도 늦었을 뿐만 아니라 오랜 여행이 기다리는 밤은 편안한 휴식이 필요했다.

강태산이 인사만 하고 들어가자 식구들은 멀뚱히 그를 바라보다가 어이없는 표정을 지었다.

내일, 강태산이 출장을 간다는 걸 알고 있기 때문에 그가 잘 갔다 오겠다는 인사라도 할 거라 기대했기 때문이다.

"오빠, 뭐냐?"

"피곤한가?"

은정이 먼저 말을 하자 은영이 고개를 갸우뚱거렸다.

뭔가 이상하다는 표정.

두 딸이 입술을 삐죽이며 눈을 오므리자 권 여사가 빙그레 웃음을 지었다.

"내일 먼 길 떠나니까 그러는 모양이다. 왜, 서운해?"

"그래도 그렇지, 이번에 가면 보름 동안 얼굴을 못 볼 텐데 이야기라도 좀 나누면 얼마나 좋아."

"그런데 어떡하지. 이 케이크?"

"뭘 어떡해. 피곤해 죽겠다는 얼굴인데 이제 나오라고 할 수도 없잖아."

"그럼 내일 아침에 할까?"

"생일이 오늘인데 내일 아침에 하는 게 어디 있어?"

"아휴, 하여간 오빠는 눈치가 맹꽁이야. 이 늦은 시간에 식구들이 기다리고 있으면 뭔 일인가 생각해 봐야 되는 거 아니야?"

"내 말이."

"오빠 혹시 오늘이 자기 생일이란 것도 모르는 것 아니니?"

"에구, 아무래도 그런 것 같아. 저렇게 뒤도 안 보고 방으로 들어가는 걸 보니 생일도 까먹은 모양이다."

은정이 한숨을 길게 내쉬었다.

오늘은 강태산의 생일이었기 때문에 축하를 위해 케이크까지 사놨는데 강태산이 인사만 하고 불쑥 방으로 들어가 버리자 식구들은 어쩔 줄 모르고 서로의 얼굴만 바라봤다.

"어쩌냐?"

"할 수 없지, 뭐. 치우자."

"조금 아쉽네. 케이크 얼굴에 발라주려고 했는데."

"언니, 우리 내일 오빠 배웅 나갈까?"

"배웅?"

"오빠 외국에 갈 때 우리 한 번도 배웅 나가지 않았잖아. 우리 내일 토요일이니까 깜짝 놀라게 해주자. 생일 축하 노래도 못 불러줬으니까 그것도 괜찮을 것 같아."

"흠, 좋은 생각이네. 엄마도 갈래요?"

"아니, 난 내일 친구들이랑 계모임 있어. 너희들끼리 갔다 와. 너희들이 배웅 나가면 오빠가 좋아하겠다."

"두 시 비행기라고 했지?"

"응, 그러니까 열한 시에는 나가야 해."

"오케이, 오빠 모르게 가자. 호호, 오빠 놀라는 모습을 생각하니까 벌써부터 즐겁네."

은정이 말하면서 유쾌한 듯 웃자 은영과 권 여사가 밝은 웃음을 지었다.

강태산을 행복하게 해주겠다는 생각.

그들은 그 생각만으로도 함박웃음이 지어질 만큼 기분이 좋아졌다.

강태산은 다음날 10시가 되자 집을 나섰다.

체육관에서 김 관장과 김만덕이 기다리고 있기 때문이다.

특히 이번에는 최유진이 일정 관리를 위해 동행해서 한결 홀가분했다.

차를 운전하지 않아도 되었고, 식사를 전부 최유진이 처리해 줄 테니 그가 해야 할 상당 부분의 일이 그녀에게 돌아갔다.

물론 옆에 달라붙어 이것저것 수시로 인터뷰하자고 덤벼들 테지만 귀찮은 일들을 해소할 수만 있다면 그런 것은 아무것도 아니었다.

김 관장은 차를 얻어 타면서 갖은 잔소리를 계속 해댔기 때문에 귀가 따가울 지경이었다.

그는 조금만 속도를 올리면 마치 차가 뒤집어지는 것처럼 비명을 질러댔다.

체육관에 도착하자 최유진이 문 앞에서 기다리고 있다가

반갑게 마중을 나왔다.

"태산 씨, 일찍 오셨네요."

"관장님은요?"

"지금 짐 챙겨서 나온다고 했어요."

"이거 좋은데요. 최 기자님이 제 매니저 역할을 해주니까 정말 편합니다."

"매니저 비용 줄 건가요?"

"이거 왜 이러세요. 지금까지 계속 줬는데 새삼스럽게 뭘 또 달래요?"

"뭘 주셨는데요?"

"제 마음이요. 제 마음이 안 보이시나요?"

"또 장난. 태산 씨는 너무 장난이 심하세요."

"사실인데……."

강태산이 말을 흐리자 최유진의 표정이 슬그머니 붉어졌다.

조각같이 생긴 남자.

세계에서 가장 강하다는 사내들과 치열한 난투를 벌이며 옥타곤을 거침없이 휩쓰는 사내.

이런 사내의 말에 어떤 여자가 마음 설레지 않겠는가.

하지만 최유진은 곧 붉어진 얼굴을 바로 하며 짐을 들고 나오는 김 관장과 김만덕을 향해 몸을 돌렸다.

그녀가 향한 곳에는 트렁크를 열어놓은 중형차가 방긋거리며 웃고 있었다.

"잊어버린 거 없죠?"

"만덕아, 없냐?"

"아마 없을걸요."

"보호 장비 챙겼지? 너 이번에도 그거 빼먹으면 죽는다."

"챙겼어요. 저 그렇게 머리 나쁜 놈 아닙니다."

"이놈아, 그렇게 머리 좋은 놈이 왜 대학교는 못 갔어?"

"안 간 거라고 몇 번을 말해요. 저는 공부보다 운동이 더 좋다니까요."

"그래, 알았다. 이쯤에서 그만하자. 최 기자 보기 민망하다."

김만덕이 뻔뻔하게 말을 하자 김 관장이 한숨을 내쉬며 트렁크에 짐을 싣기 시작했다.

하지만 김 관장이 실은 짐은 손가방이 전부였고 나머지는 전부 김만덕의 손에 의해 트렁크가 채워졌다.

성인 4인이 보름 동안 있어야 할 짐은 생각보다 많아서 전부 싣자 트렁크가 꽉 찼다.

최유진이 먼저 운전석에 앉은 후 강태산이 그녀의 옆에 앉았고 나머지는 뒷좌석을 차지했다.

부드러운 엔진 소리.

그녀의 차는 뺀 지 얼마 안 된 듯 출발을 했는데도 엔진 소리가 거의 나지 않았다.

"차, 좋네요."

"큰맘 먹고 뽑았어요. 3개월 전에."

"그런데 왜 오늘따라 기자들이 한 명도 없죠?"

"아마 공항에서 대기하고 있을 거예요. 기자들은 그림을 생명으로 알거든요."

"공항에서 사진을 찍어야 효과가 크다는 뜻이군요?"

"그렇죠. 무패의 사나이 강태산. 챔피언 타이틀을 위한 진격. 그의 폭풍 같은 질주를 지켜보라."

"유진 씨는 기자를 해야 될 것 같아요. 어디서 그런 멘트들이 금방 나옵니까?"

"원래 기자들은 기사 타이틀을 늘 생각하고 다녀요. 그런데 오늘은 어쩌실 거예요?"

"뭘요?"

"공항에 가면 기자들이 인터뷰를 요청할 텐데 오늘도 귀신처럼 숨을 건가요?"

"오늘은 공식적으로 인터뷰할 생각입니다. 그 사람들도 먹고살아야죠."

"잘 생각하셨어요. 기자들을 적으로 돌려서 좋을 건 하나도 없거든요."

"최 기자는 마음이 착하군요. 혼자 독점하면 특종이 될 텐데?"

"혼자 잘 먹고 잘사는 건 좋은 게 아니에요. 저는 그동안 태산 씨 때문에 여러 번 특종을 냈으니까 이제는 나누는 게 맞아요. 태산 씨 말대로 그 사람들도 취재를 해서 먹고사는 사람들인데 계속해서 인터뷰를 못 해가면 정말 회사에서 힘들게 되거든요. 저는 그 사람들이 그렇게 되기를 바라지 않아요."

"좋은 생각을 가지고 있네요."

강태산이 가볍게 고개를 끄덕였다.

같이 나누는 사회.

누군가의 독점이 아니라 함께 공생하는 사회야말로 진정으로 건강해진다는 걸 최유진은 깨닫고 있었다.

현명한 여자다.

차는 올림픽대로를 통과해서 거침없이 달렸다.

비행기 시간은 2시였지만 대기 시간을 감안하고 기자들과의 인터뷰 시간까지 생각하면 최소 두 시간은 먼저 도착해야 했다.

분명 최유진은 그런 것들을 모두 감안해서 만나는 시간을 정한 것 같았다.

'강태산이다!'

발레파킹 요원에게 차를 맡기고 공항으로 들어서자 그를 확인한 기자들이 벌떼처럼 달려들었다.

기자들의 숫자는 30명이 넘을 정도로 많았기 때문에 주변에 있던 관광객들까지 놀란 눈으로 강태산을 보기 위해 몰려들었다.

　그들은 톱스타가 해외여행을 가는 걸 기자들이 취재하는 줄 알고 연예인을 보기 위해 강태산을 향해 물밀 듯 다가왔다.

　"강태산 선수, 포즈 좀 취해주십시오!"

　기자들 중 맨 앞에 서 있던 기자가 대표로 강태산을 향해 소리를 질렀다.

　멋있는 그림을 잡기 위해 기자들은 강태산이 천천히 움직여 주먹을 들어 올리자 정신없이 카메라의 플래시를 터뜨렸다.

　검은 선글라스를 낀 강태산은 단지 주먹을 들어 올렸음에도 수많은 기자들의 중심에서 멋진 그림이 되었다.

　격투기 선수라 여겨지지 않는 모습에 주변에서 구경하던 사람들이 감탄사를 터뜨렸다.

　특히 여자들은 강태산의 야생마처럼 쭉 빠진 몸매와 선글라스를 낀 외모에 감탄을 금치 못했다.

　비록 선글라스로 가렸지만 그의 얼굴에서는 줄기줄기 카리스마가 오로라처럼 피어오르고 있었다.

　"강태산 선수, 이번 시합 자신 있습니까?"

"저는 한 번도 상대를 두려워한 적이 없습니다. 여러분의 기대에 결코 어긋나지 않는 시합을 할 것입니다."

"휴 잭맨은 주짓수의 마술사라고 불리는 선순데요, 일각에서는 그라운드로 갔을 때 강태산 선수가 어려운 경기를 할 것이라 예상하고 있습니다. 거기에 대해서 한 말씀 해주십시오."

"나름대로 휴 잭맨의 서브미션 기술을 방어하는 데 초점을 맞춰 훈련했습니다. 하지만 저는 이번 시합도 평소처럼 저의 스타일로 할 겁니다."

"불꽃같은 인파이팅을 구사할 생각이란 말입니까?"

"그렇습니다. 저는 휴 잭맨의 그라운드 기술이 두려워하여 인파이팅을 포기하는 일은 없을 겁니다."

"승리를 위해서는 좋은 전략이라 여겨지지 않는군요."

"저는 스스로 대한민국을 대표한다고 생각합니다. 대한민국의 건아로서 패배가 두려워 소극적인 시합을 하는 건 자존심이 용납하지 않습니다. 두고 보십시오. 저는 휴 잭맨의 마법 같은 그라운드 기술을 야차의 투혼으로 때려 부술 겁니다."

강태산이 이야기하는 동안 플래시는 정신없이 터졌고, 그의 말을 노트하는 기자들은 한 글자도 놓치지 않겠다는 듯 맹렬하게 펜을 놀렸다.

인터뷰는 거의 20분 정도 진행된 후 강태산이 기자들에게 마지막 포즈를 취해주면서 마무리되었다.

인터뷰가 진행될 동안 구경하는 사람들의 수는 점점 많아졌다. 사람들은 숫자가 많아질수록 호기심에 발길을 돌리지 못했다.

강태산을 구경하던 사람들 중에는 오빠를 배웅하기 위해 나온 은정과 은영도 섞여 있었다.

그녀들이 기자들 사이에서 포즈를 잡고 있는 강태산을 바라보며 연신 감탄을 터뜨렸는데 웬만한 연예인보다 훨씬 멋있었기 때문이다.

"언니, 저 사람이 격투기 선수 강태산이래."

"와, 저렇게 잘생긴 사람이 무슨 싸움을 그렇게 잘하니. 정말 이해가 안 간다."

"그러게 말이야. 현수가 그러는데 한 번도 지지 않았고 전부 KO로 이겼다잖아. 저런 남자친구 있으면 무서울 게 없겠다. 그치?"

"집에 강도 들어오면 맞아 죽겠는걸. 호호, 생각만 해도 재밌다, 애."

"으이구, 거기서 강도가 왜 나와?"

"그런데 저 사람, 연예인보다 더 멋있지 않니? 포스가 장난이 아니야."

"여자깨나 울렸겠어. 저런 남자 만나면 마음고생이 심할 거야."

"하긴, 그런데 우리 오빠 어디 있는 거니. 지금쯤 와 있지 않을까?"

"언니야, 전화해 봐. 이러다가 오빠 못 만나면 어떡해."

"알았어. 내가 해볼게."

은영의 재촉에 은정이 휴대폰을 꺼냈다.

그러고는 단축키를 눌러 강태산에게 전화를 걸었다.

*   *   *

강태산은 인터뷰를 마치고 마지막 포즈를 취한 후 기자들에게 손을 들어 인사했다.

처음에는 왠지 모를 어색함과 귀찮음으로 인해 기자들을 멀리했으나 지금부터는 그렇게 할 수가 없다는 것을 안다.

격투기를 그만둔다면 모를까, 강자들과의 싸움에서 얻게 되는 쾌감을 포기하지 않는 한 그는 곧 대한민국의 영웅이 될지도 몰랐다.

어차피 다른 삶으로 대중에게 노출되었으니 섣부른 신비주의는 그의 정체를 더욱 파고들게 만드는 계기로 작용될 수도 있었다.

기자들의 고단한 삶을 핑계 대었으나 적절한 언론플레이를 펼치는 이유는 바로 그 때문이었다.

휴대폰이 맹렬하게 울어댄 것은 모든 인터뷰를 마치고 기자들을 향해 손을 들어줄 때였다.

가슴에 들어 있던 휴대폰을 꺼내 화면을 보자 은정이의 이름이 찍혀 있다.

의외의 전화.

지금까지 출장을 가는 날 은정이가 전화한 것은 한 번도 없었는데 갑작스럽게 그녀의 이름이 화면에 찍히자 슬쩍 얼굴이 굳어졌다.

무슨 일이 있는 걸까?

걱정스러운 마음에 자신도 모르게 음성이 굳어져 나왔다.

"여보세요?"

―오빠, 어디야?

"어디긴, 공항이지. 오늘 출장 간다고 했잖아."

―그러니까 공항 어디냐고. 오빠 배웅하려고 은영이랑 왔는데 오빠를 찾을 수가 있어야지.

"왜, 집에 무슨 일 있어?"

―아니야. 그냥 오빠 배웅하려고 온 거야.

아무 일 없다는 은정의 대답에 강태산은 몰래 한숨을 내쉬었다.

"너희들 어디 있는데?"

―3번 게이트 앞. 여기 강태산 선수가 인터뷰하고 있어서

구경하는 중이야. 오빠, 이쪽으로 와.

"강태산이 공항에 있어?"

―응, 빨리 오면 볼 수 있을 것 같아.

"나 금방 가야 하는데……"

강태산이 놀란 눈으로 자신을 지켜보고 있는 군중들을 향해 급히 시선을 돌렸다.

좌에서 우로의 스캔.

여동생들을 발견한 곳은 우측 끝이었다.

머리칼이 솟구친 것은 은정이가 전화를 하면서 자신을 빤히 쳐다보고 있는 것을 확인했기 때문이다.

그녀는 마치 통화하는 사람이 자신인 걸 알아보기라도 한 듯 잠시도 시선을 떼지 않고 있었다.

너무 놀라 말이 헛나갈 정도였으나 강태산은 금방 정신을 차리고 음성을 가다듬었다.

"알았어. 금방 갈 테니까 거기서 기다리고 있어."

―얼른 와. 어제 오빠 생일인데 그냥 자는 바람에 케이크도 못 잘랐잖아. 우리가 선물 가지고 왔으니까 기대해.

"응, 지금 갈게."

대답을 한 강태산은 휴대폰을 귀에 댄 채 오른손으로 통화 종료 버튼을 눌렀다.

그러고도 계속해서 통화하는 것처럼 한참 동안 전화기를

내려놓지 않은 채 뭔가를 중얼거렸다.

눈은 다른 곳을 보는 척했으나 여동생들을 끊임없이 관찰했다.

그가 휴대폰을 내려놓은 것은 자신을 계속 바라보던 은정이 휴대폰을 가방에 넣은 후 은영과 함께 사람들이 한적한 게이트 쪽으로 걸음을 옮길 때였다.

그녀들은 강태산이 쉽게 찾을 수 있게 하려는 듯 가급적 사람이 없는 곳을 향해 걸어갔다.

인터뷰가 끝나고 강태산이 일행과 함께 출국 게이트 쪽으로 향하자 기자들은 하나둘 흩어졌고, 구경하던 사람들도 제 갈 길을 가기 시작했다.

강태산이 옆에 있는 김 관장에게 불쑥 입을 연 것은 출국 게이트가 눈앞으로 들어온 곳까지 걸어간 후였다.

"관장님, 잠깐 화장실 좀 다녀오겠습니다."

"안에도 있어. 일단 수속부터 밟아."

"급해서 그래요."

은정은 은영과 함께 3번 게이트에서 얼마 떨어지지 않은 곳으로 걸어갔다.

그런 후 강태산을 기다리며 시간을 보냈다.

은정이 불쑥 입을 연 것은 인터뷰가 끝나고 사람들이 모두 흩어질 때였다.

"은영아, 나 정말 깜짝 놀란 거 있지."

"왜?"

"내가 오빠한테 전화를 했잖아. 그런데 갑자기 손을 흔들던 강태산 선수가 핸드폰을 꺼내는 거야."

"뭔 소리래?"

"넌 다른 데 보고 있어서 못 봤겠지만 난 똑똑히 봤어. 정말 기가 막히더라니까."

"히힛, 우리 언니가 잘생긴 사람을 보더니 이제 막 착각까지 하시네요."

"착각 아니야."

"그래서?"

"내가 유심히 강태산 선수를 봤거든. 너무 이상한 일이라서. 그랬는데 정말 나랑 통화하는 것 같았어."

"크크크, 좋았겠다. 강 선수랑 통화되어서. 이름도 같겠다, 우리 그냥 오빠를 이참에 바꿔 버릴까?"

은영이 묘하게 눈을 치켜뜨며 이상한 웃음을 흘렸다.

그녀는 언니가 말하는 이야기를 확대 해석하며 즐거운 상상에 빠져드는 것 같았다.

하지만 그 소리를 들은 은정의 반응은 냉담했다.

"야, 아무리 강태산 선수가 잘생겼었어도 오빠를 어떻게 바꿔. 난 우리 오빠가 훨씬 좋아."

"헐, 아직도 그 감정을 다 못 버리셨군요."

은영이 혀를 차며 은정을 바라보았다.

다른 사람은 몰라도 은정의 짝사랑을 유일하게 아는 사람
이 바로 은영이었다.

지금 이렇게 농담을 할 수 있는 것은 오랜 시간 힘들어하던
은정이 이제 마음을 정리했다는 걸 알고 있기 때문이다.

"오빠는 왜 안 오지?"

"아까 하던 얘기 마저 해봐. 그래서 언니가 전화했더니 강태
산 선수가 데이트하자고 하디?"

"푸훗, 그 사람, 내가 전화를 끊어도 계속 통화하더라. 누가
딱 맞춰서 내가 전화했을 때 전화한 모양이야."

"그럼 그렇지요. 하도 호들갑을 떨어서 뭔가 있는 줄 알았
네. 하여간 언니는 이상한 거에 놀라는 버릇이 있어."

"그래도 재밌었어. 통화하는 동안 강태산 선수하고 말하는
것 같아서 기분이 묘하더라고."

"얼씨구."

"더 재밌는 건 그 사람이 통화하면서 정확하게 나를 바라
봤다는 거야."

"그만하세요. 누가 들으면 진짠 줄 알겠어요. 강태산 선수는
선글라스를 끼고 있었는데 언니를 본 건지 어떻게 알아?"

"느낌이지."

"그놈의 느낌, 다른 데 써먹어. 이제 언니도 생각 고쳐먹었으니까 괜찮은 남자나 꼬셔봐. 맨날 독수공방하지 말고."

"야, 그런 소리 하지 말라고 했잖아. 공항까지 와서 꼭 그렇게 내 속을 박박 긁어야 되겠니?"

"언니야, 오빠 온다!"

강태산은 윗옷을 벗어 김만덕에게 던져준 후 빠르게 화장실 쪽으로 걸어가며 안에 받쳐 입고 있는 스웨터마저 벗었다.

선글라스를 청소하는 아줌마가 밀고 가는 휴지통에 버린 것은 얼굴을 바꾼 후 방향을 틀어 3번 게이트 쪽으로 뛰어가면서였다.

여동생들의 위치는 이미 알고 있기 때문에 시간은 그리 오래 걸리지 않았다.

"은정아, 은영아, 너희들이 여기까지 웬일이야?"

"웬일은, 먼 길 떠나니까 잘 갔다 오라고 뽀뽀해 주려고 왔지."

"크크, 좋아. 어디다 해줄 거야?"

강태산이 은영의 대답에 장난스럽게 얼굴을 내밀었다.

그러자 은영이 대뜸 양손을 들어 강태산의 얼굴을 꼬집었다.

"다 큰 처녀한테 어디서 얼굴을 드밀어. 혼나려고!"

"뽀뽀해 준다더니 꼬집고 있어. 잘생긴 얼굴 흠집난다, 이것아."

"오빠야, 저기서 강태산 선수 인터뷰 있었어. 못 봤지?"

"응. 나는 2층에 우리 부장님하고 있었거든."

"그 사람 정말 잘생겼더라. 여자들이 줄줄 따를 정도로 멋있었어. 화면보다 실물이 훨씬 낫던걸."

"원래 공항에서 보면 다 잘생긴 걸로 보여. 봐. 나도 잘생겨 보이잖아."

"됐고요. 그런데 춥게 왜 셔츠 하나만 달랑 입었어. 감기 들면 어떻게 하려고. 그렇게 입고 온 거야?"

"급히 오느라 2층에 외투 놓고 왔다."

"으이그, 추워. 올라가면 뭐라도 더 껴입어라."

"응, 알았어."

강태산이 은영의 말에 순진한 웃음을 흘렸다.

여동생은 장난 끝에 여지없이 걱정을 늘어놓고 있었다.

따뜻한 마음.

동생들을 볼 때면 언제나 가슴속에 따뜻한 바람이 불어온다.

옆에서 아무 말 없이 그를 바라보던 은정이 가방에서 무언가를 꺼내 든 것은 강태산이 시계를 볼 때였다.

"바쁜가 보네. 금방 들어가야 해?"

"응, 출국 수속 해야 되거든. 시간이 얼마 남지 않았어."

"여기… 이거 받아."

"이게 뭐야?"

"오빠 생일 선물. 목도리니까 여기서 하고 가."

예쁘게 포장된 박스.

은정이 내민 박스는 제법 비싼 선물이라는 걸 증명이라도 하듯 유명 백화점의 로고가 선명하게 찍혀 있었다.

천천히 포장을 뜯고 상자를 열자 미색의 남자용 목도리가 모습을 드러낸다.

"와아, 너무 멋있네. 이거 비싸겠다."

강태산이 목도리를 꺼내 목에 걸자 은정이가 다가와 꼼꼼하게 바람이 들어가지 않도록 여며줬다.

그녀의 손길은 부드러워 마치 연인을 대하는 것 같았다.

"오빠, 잘 갔다 와. 미국도 추울 테니까 감기 조심하고."

"그래, 오빠 올 동안 잘 있어. 갔다 와서 맛있는 거 사줄게."

미국까지의 비행기 시간은 언제나 지루했다.

거의 공항에서부터 하루가 꼬박 걸렸기 때문에 미국에 도착하면 몸이 녹초가 될 수밖에 없었다.

그나마 다행인 것은 TCN의 지원으로 비즈니스석에 탈 수 있었다는 것이다.

강태산 일행은 시합을 위해 미국을 갈 때마다 이코노믹을 탔는데 비행기에서 내리면 다리가 저릴 만큼 앞뒤 좌석의 간격이 좁아 여간 고생스러운 것이 아니었다.

최 기자가 동행하면서 편해진 건 그것 말고도 꽤 많았다.

그녀는 비행기에서 내리자 차를 곧바로 렌트해서 가져왔는데, 미리 예약을 해놓은 모양이다.

재원답게 그녀의 영어 실력은 원어민처럼 뛰어나서 강태산이 가만히 있어도 웬만한 일은 알아서 다 처리해 줬다.

꼼꼼한 일 처리.

평소의 성격이 그녀의 일 처리에서 고스란히 나타나고 있었다.

그녀는 눈에 띄게 예쁜 외모를 가졌음에도 무엇 하나 대충 처리하는 법이 없었다.

라스베이거스에 도착하자 미리 기다리고 있던 제프리 조던이 호텔 앞까지 나와 있다.

"미스터 강, 이렇게 다시 보게 되어 반갑소."

"잘 지내셨습니까?"

"나야 언제나 잘 지내지요. 이곳은 라스베이거스에서도 최고급으로 분류되는 특급호텔입니다. 미스터 강이 최대한 편하게 지낼 수 있도록 최선을 다하고 있다는 걸 알아줬으면 좋겠소."

"고맙습니다."

제프리 조던이 공치사를 해오는 걸 보면서 강태산이 유쾌한 웃음으로 화답했다.

어쩌면 당연한 일이지만 그렇다고 자신을 위해 노력한 사람에게 퉁명스레 대할 이유는 없기 때문이다.

그의 웃음을 본 제프리 조던의 표정이 더욱 환하게 밝아졌다.

그동안 지켜본 강태산은 언제나 까칠하게 자신을 대해왔는데 스스럼없이 고맙다는 인사를 해오자 기분이 저절로 좋아졌기 때문이다.

"미스터 강, 간단하게 향후 일정을 알려주겠소. 공식 계체량은 5일 후 목요일 3시 만델레이 프레스센터에서 있으니 시간을 꼭 지켜주시오. 그리고 공식 기자회견이 이틀 후에 있습니다. 주요 언론이 모두 미스터 강을 취재하기 위해 기다리는 자리이니만큼 반드시 참석해야 됩니다."

"어디서 합니까?"

"기자회견은 이곳 그라나다호텔에서 열립니다."

"휴 잭맨과 같이 하는 겁니까?"

"그는 프린스호텔에 머물고 있소. 휴 잭맨은 그곳에서 별도로 진행할 거요."

"알았습니다."

"이번에 우리 UFC 측은 미스터 강이 최고의 컨디션으로 옥타곤에 오를 수 있도록 만반의 준비를 갖춰놓았소. 앞으로 일주일 동안 시내 중심가에 있는 트럼프체육관를 사용할 수 있도록 조치했으니 거기서 마무리 훈련을 하시오. 스파링 파트너가 필요하면 언제나 말하시오. 괜찮은 선수들로 훈련할 수 있도록 해주겠소."

"좋군요. 보답으로 최고의 시합을 보여드리죠."

"고마운 이야기요. 나는 당신이 이번에도 명승부를 펼칠 것이라 기대하고 있소. 반드시 이겨주시오. 그래서 최고의 챔피언인 맥도웰과 역사에 길이 남을 승부를 펼쳐주시오."

"반드시 그렇게 하지요."

제2장

기다리는 사람들

격투기 블로그를 운영하는 김현웅은 강태산이 그동안 치러온 UFC 경기들을 하나씩 새롭게 분석하면서 이번 경기에 대한 예측을 이끌어냈다.

과연 누가 이길 것인가?

휴 잭맨은 현재 세계 랭킹 1위였고 무적의 챔피언 맥도웰과 전면전을 치러 막상막하의 시합을 펼친 강자 중의 강자였다.

그의 서브미션 기술은 그야말로 예술적인 경지에까지 도달해서 그라운드로 내려가는 순간 상대는 지옥을 맛보곤 했다.

김현웅은 자신이 가진 모든 지식을 활용해서 두 선수의 장

단점을 분석한 후 결국 휴 잭맨이 우세할 것이란 결론을 내렸다.

하지만 그는 분석 결과를 블로그에 올리면서도 강태산이 이겨주기를 간절히 바라는 심정을 숨기지 못했다.

대한민국의 풍운아.

어느 날 문득 나타나 UFC를 휩쓸고 있는 강태산은 그에게 가슴이 터질 것 같은 벅찬 감동과 삶의 의미를 부여해 준 영웅이었다.

한 치도 물러서지 않는 불꽃같은 인파이팅.

적의 주먹을 두려워하지 않는 그의 의지와 투혼은 경기를 볼 때마다 그의 심장을 뜨겁게 불태웠다.

김현웅이 블로그에 예상 경기 평을 올리자 한 시간 만에 삼백여 개의 댓글이 달렸다.

1,200명이 글을 봤는데 그중 300명이 자신의 의견을 달았다는 건 이번에 벌어지는 강태산의 경기가 그만큼 사람들의 관심 속에 있다는 걸 증명하는 것이다.

댓글의 상당수는 그의 평가에 동조하면서도 강태산이 이기기를 간절하게 원하는 것들이었다.

그리고 그런 댓글들은 점점 많아지더니 기어코 다섯 시간이 지나자 1,000개가 넘어섰다.

하정아가 과일을 가져오면서 김현웅이 가리킨 댓글 수를

보고는 입을 떠억 벌렸다.

그녀가 보는 순간에도 댓글 수는 무지막지하게 올라가고 있었다.

두 사람은 강태산의 UFC 데뷔전을 직접 현장에서 보고 난 후 3개월 만에 결혼을 한 사이다.

"와, 오빠, 정말 대단해. 강태산 선수가 UFC에 진출하면서 우리 블로그에 들어오는 사람들의 숫자가 배는 늘은 것 같아."

"평균 조회 수를 확인해 봤더니 2.5배가 늘었더라."

"우리 부자 되겠다. 이번 달에도 돈 많이 들어오겠네."

"사람들 댓글을 보니까 내 예상 평을 반박하는 의견이 별로 없어."

"오빠가 제대로 분석했으니까 그렇겠지."

"걱정이야."

"뭐가?"

"강태산이 이번에는 정말 강적을 만났어. 꼭 이겨야 되는데……."

"그 사람, 항상 불리하다는 평가를 받으면서도 지금까지 계속 이겨왔잖아. 이번에도 그럴 거야. 그러니까 걱정하지 마."

"그래야지. 나도 그렇게 되기를 간절하게 바라고 있어."

"그런데 어떻게 할 거야?"

"고민이네. 가고는 싶은데 워낙 어려운 경기가 될 것 같아서……."

"지금 결정하지 않으면 가고 싶어도 못 가. 더 늦으면 비행기표 예약이 어려울지도 모르거든."

"휴우, 정아야, 텔레비전 켜봐. 오늘 강태산이 출국하면서 인터뷰한다고 했다."

"응."

김현웅이 한숨을 몰아쉬고 대답을 하지 못한 채 텔레비전을 가리키자 하정아가 고개를 끄덕이며 자리에서 일어났다.

신랑인 김현웅은 시합이 벌어지는 라스베이거스에 가고 싶어했다.

하지만 막상 스스로 이번 시합에 대한 분석 결과를 블로그에 올린 다음부터는 망설이는 기색이 역력했다.

강태산을 응원하는 마음은 그 누구보다 컸으나 막상 질 확률이 큰 경기를 위해 많은 돈을 들여 미국까지 간다는 것은 결코 쉬운 일이 아니었다.

그랬기에 그녀는 김현웅의 결정을 재촉하지 않았다.

오직 그의 결정에 따를 생각이다.

강태산의 경기를 보고 싶은 마음은 그녀도 김현웅에 비해 조금도 뒤지지 않았지만 사랑하는 사람이 어떤 결정을 내리든 따라줄 생각이다.

텔레비전을 켜자 본 뉴스가 마무리되면서 스포츠뉴스가 시작되었다.

스포츠뉴스의 메인은 언제나 프로야구부터 시작된다.

최근 프로야구는 엄청난 인기를 끌고 있었기 때문에 공영방송은 물론이고 종편 채널들까지 전 경기를 생중계하고 있었다.

오늘 있었던 프로야구 소식이 끝나자 드디어 기다리던 강태산이 모습이 화면에 나타났다.

역시 멋진 놈이다.

선글라스를 끼고 공항의 중앙에서 수많은 기자들에 둘러싸인 강태산은 마치 영화배우처럼 보일 정도로 멋있었다.

"휴 잭맨은 주짓수의 마술사라고 불리는 선순데요, 일각에서는 그라운드로 갔을 때 강태산 선수가 어려운 경기를 할 것이라 예상하고 있습니다. 거기에 대해서 한 말씀 해주십시오."

"나름대로 휴 잭맨의 서브미션 기술을 방어하는 데 초점을 맞춰 훈련했습니다. 하지만 저는 이번 시합도 평소처럼 저의 스타일로 할 겁니다."

"불꽃같은 인파이팅을 구사할 생각이란 말입니까?"

"그렇습니다. 저는 휴 잭맨의 그라운드 기술이 두려워 인파이팅을 포기하지 않을 겁니다."

"승리를 위해서는 좋은 전략이라 여겨지지 않는군요."

"저는 스스로 대한민국을 대표한다고 생각합니다. 대한민국의 건아로서 패배가 두려워 소극적인 시합을 하는 건 자존심이 용납하지 않습니다. 두고 보십시오. 저는 휴 잭맨의 마법 같은 그라운드 기술을 야차의 투혼으로 때려 부술 겁니다."

기자들의 질문에 대답하는 강태산의 얼굴은 옥타곤에 섰을 때처럼 대단한 카리스마를 풍겨내고 있었다.

언제나 당당한 모습.

인터뷰가 끝나고 손을 흔드는 모습을 끝으로 화면에서 강태산의 모습은 사라졌지만 김현웅은 꼼짝도 하지 않고 텔레비전에 시선을 응시하고 있었다.

김현웅의 태도에 하정아 역시 아무 말도 하지 않고 생각에 잠겼다.

인터뷰 끝에 강태산이 던진 한마디.

야차의 투혼으로 상대를 때려 부수겠다는 말에 가슴이 마구 뛰었다.

"정아야, 가자."

"결정했어?"

"그래, 나 이번 경기를 내 눈으로 직접 보지 못하면 평생을 두고 후회할 것 같아."

"오빠가 그렇다면 그런 거지. 사실 나도 그래야 될 것 같다는 생각이 들었어."

"당장 내일 비행기표부터 예약해야겠다. 넌 휴가 낼 수 있겠어?"

"당연히 내야지. 못 가게 하면 회사 그만둘 거야. 거기 아니라도 나보고 오라는 데 많아."

"하긴, 정아처럼 뛰어난 스타일리스트를 누가 말려."

"호호, 오빠가 결정해 줘서 나 정말 좋아. 강태산 선수의 경기를 직접 본다고 생각하니 지금부터 막 흥분된다."

"그렇게 흥분돼?"

"응."

"그럼 일루 와. 오늘 죽여줄게."

김숙영은 가까운 사촌이 결혼하는 바람에 출국하는 강태산을 직접 인터뷰하지 못하고 다른 사람을 내보냈다.

뒤늦게 화면에 잡힌 강태산의 인터뷰 장면을 보면서 가슴이 뛰는 걸 참을 수 없었다.

그와의 환상적인 섹스를 생각하자 저절로 다리 사이가 축축하게 젖어왔다.

태어나서 지금까지 그렇게 미칠 듯이 좋은 섹스는 한 번도 경험하지 못한 것이다.

그의 손과 혀의 터치가 이루어질 때마다 온몸이 불같이 뜨거워지는 걸 느낄 수 있었다.

진정한 오르가즘이 뭔지 느낀다는 건 여자로서 최고의 경험인데, 그때 그녀는 그것을 느꼈다.

그 후로 여러 번 전화를 했지만 그는 전화를 받지 않았다.

누구의 전화도 받지 않는다는 최유진의 말은 사실이었다.

강태산의 제안처럼 그녀도 한 번의 엔조이로 끝낼 생각이었다.

하지만 그녀가 느낀 그 격렬하던 오르가즘은 시간이 지날수록 점점 그녀를 미치게 만들었다.

그랬기에 그가 훈련하고 있는 만덕체육관에 수시로 들락거렸으나 강태산은 더 이상 눈길조차 주지 않았다.

시합을 앞둔 상태에서 긴장감이 최고조로 달했기 때문에 그럴 것이라 위안을 했지만 한편으로는 그가 더 이상 자신을 안아주지 않을 거란 불안감도 들었다.

그의 냉정하던 행동.

호텔에서 일어났을 때 그녀의 옆자리에는 아무도 없었다.

한 번의 엔조이에 불과했다 하더라도 남자로서의 행동으로는 너무나 냉정한 것이었다.

자존심이 상하지는 않았다.

그녀도 그처럼 일을 위해 치른 한순간의 엔조이라 생각하면서 그의 존재를 무시하려 했다.

하지만 오늘 텔레비전에서 강태산을 보자 하룻밤의 꿈으로 밀쳐내 버린 그의 알몸이 사무치게 그리워졌다.

　다음날 회사에 출근한 김숙영은 다짜고짜 국장실로 향했다.

　국장은 스스로 내린 커피를 음미하면서 신문을 보고 있었는데 그녀가 급하게 들어오자 놀란 얼굴을 했다.

　"김 기자, 아침부터 왜 뛰어다녀?"

　"국장님, 저 미국에 가야겠어요."

　"미국에는 왜?"

　"아무래도 감이 이상해요. 강태산 선수, 이번에도 사고 칠 것 같아요."

　"그것참, 너도 대단하다. 김 기자는 뭔가 있는 것 같아."

　"뭐가 있어요?"

　"기자로서의 직감. 사실 나도 아침부터 고민하고 있었다. 어제 그놈이 한 인터뷰가 너무 강렬해서 말이야."

　"그렇죠?"

　"그런데 이번 시합은 우리가 중계하는 게 아니라 망설이고 있었어. 괜히 주제넘게 남의 잔치에 나서면 모양새가 이상하잖아."

　"시장 상황이 예전과 많이 달라졌어요. 예전에는 UFC 경기를 나눠 먹으면서 그런 에티켓을 차려줬지만 지금은 아니에요. 지금 격투기에 대한 관심은 그때와는 천양지차예요. 강태산 선수는 지금 격투기 팬들에게는 거의 영웅이잖아요."

"그건 그렇지."

"최유진이 달라붙어 있는 거 아시죠?"

"그거야 TCN 독점이니까 당연한 거 아니냐."

"독점이라서 그런 것만은 아니에요. 이번에 강태산 선수가 시합에 이겨서 챔피언 타이틀전을 벌인다면 TCN에서 가만히 있을 것 같아요?"

"음……."

김숙영의 말을 들은 국장의 표정이 일그러졌다.

그렇지 않을 것이다.

만약 이번 시합을 강태산이 이겨서 무적의 챔피언이라는 맥도웰과 일전을 치르게 되는 날이면 전국이 떠들썩하게 변할 것이다.

모든 방송국에서 프로야구를 경쟁하듯 중계하고 그와 관련된 소식들을 앞다퉈 방송하는 것은 프로야구가 국민들에게 엄청난 인기를 끌기 때문이다.

강태산이 맥도웰을 꺾는 날이면 당분간 프로야구의 열기도 맥도웰처럼 강태산에게 꺾일 게 분명했다.

불모지의 땅에서 무적의 챔피언을 꺾고 왕좌를 차지한 사내.

그 누가 그를 영웅이라 부르지 않을 것인가.

"좋다, 내가 사장님한테 보고할 테니까 김 기자는 출장 준비해. 가서 그놈 일거수일투족을 전부 메모해. 카메라맨은 최영수를 배정해 줄 테니까 깡그리 찍어오란 말이야. 알겠어?"

"우리 국장님, 역시 판단력 하나는 칼이세요. 걱정 마세요. 그 사람 잠버릇이 어떤 지까지 알아올게요."

김윤석의 집에 놀러 온 김환석은 TCN에서 방송하는 강태산의 공식 기자회견을 보면서 입술을 끌어올렸다.

으리으리한 호텔의 기자회견장에는 수십 명의 외국 기자들이 연신 카메라를 들이민 채 취재 경쟁을 벌이고 있었는데 그 열기가 대단했다.

재밌는 것은 강태산이 기자들의 질문에 유창한 영어로 즉석에서 대답하고 있다는 것이다.

"저놈 웃기네. 영어도 할 줄 알잖아."

"쩝, 그리고 보면 세상 참 불공평해. 잘생겼지, 싸움 잘하지, 거기가 영어까지 술술 해대는군. 저러니 여자들이 뻑 안 가."

"저번 예능 프로그램에서 보니까 김가을이 이상형으로 저놈을 찍더라."

"영화배우?"

"그래, 무지 섹시하게 생긴 애. 거 뭐시냐, 달콤한 사랑에 나와서 홀딱 벗고 리얼하게 뒹굴던 여자. 가슴이 꼭 복숭아처럼 잘 익은."

"흐흐, 걔는 정말 먹음직스럽더군."

"형수님 들어. 죽고 싶어?"

김환석이 깜짝 놀라며 부엌에서 일을 하는 형수를 쳐다보았다.

다행스럽게 형수는 바쁘게 움직이고 있었기 때문에 형제들의 이야기를 못 들은 모양이다.

그럼에도 김환석은 인상을 쓰면서 형을 노려보았다.

잘못하면 자신까지 끌려들어 사형대에 설 뻔했기 때문이다.

하지만 김윤석은 뻔뻔한 얼굴로 여유 있게 말을 이어나갔다.

"인마, 그래서 소곤소곤 이야기했잖아. 어차피 로망인데 뭘 그러냐. 이 자식은 꼭 이럴 때 보면 저는 그런 생각 안 하는 것처럼 이야기한다니까."

"나는 머리로만 생각해."

"웃기시네. 그나저나 강태산 저놈, 무지하게 자신 있어 하잖아. 훈련은 많이 했나 모르겠다."

"이번에는 미리 시합이 잡혀서 열심히 했대. 하여간 난 저놈 저런 자신감이 좋아. 한 번도 말하면서 주저하는 게 없단 말이지."

"그건 그래. 남자가 배짱이 저 정도는 돼야 하는 거 아니겠어?"

"여자들이 저런 스타일을 좋아하나 봐. 벌써부터 저놈 팬카페에 여자들이 득실댄다고 하더라."

"그건 또 어디서 들었어?"

"인터넷에서 봤지. 형도 맨날 만화만 보지 말고 여기저기 서핑 좀 해. 요즘 같은 정보화 시대에 만화가 뭐냐, 만화가!"

"인마, 유식한 말로 해. 웹툰. 요즘 히트치는 영화 전부 웹툰에서 나온다. 너야말로 문화생활을 해. 맨날 주식만 보지 말고."

"으이구."

"이제 5일 남았네. 올 거지?"

"당연한 말씀을 하고 있어."

"그냥 오지 말고 고기라도 사와라. 니 형수님, 경기가 있는 날이면 심기 불편하시다."

"알았어. 그날은 집에 꽁꽁 숨겨둔 양주까지 꺼내 온다."

"양주가 있었어?"

"저번에 손님이 고맙다고 하나 갖다 주더라."

"오랜만에 양주 마시게 생겼구먼."

"왜 이렇게 시간이 안 가냐. 뭘 간절하게 기다리면 꼭 이렇게 시간이 안 간다니까."

*　　　*　　　*

　최유진은 라스베이거스 중심가에 있는 트럼프체육관을 향해 걸어가며 사진기를 눌러댔다.

　아름다운 거리.

　환락의 도시라는 타이틀에 어울릴 만큼 도시의 조경은 천국처럼 아름답게 꾸며져 있고 건물들은 하나같이 으리으리한 외관을 자랑하며 우뚝 솟아 있었다.

　막상 취재를 목적으로 강태산의 일정 관리를 한다고는 했지만 막상 현지에 와보니 그녀가 할 수 있는 게 별로 없었다.

　강태산의 일정은 너무나 간단해서 그녀가 신경 쓸 일이 없었기 때문이다.

　호텔은 UFC 측에서 이미 준비해 놓은 상태였고 식사마저 해결해 놨을 뿐만 아니라 강태산이 훈련하는 장소와 기타 소소한 것까지 철저하게 신경 썼기 때문에 그녀는 그저 체육관을 찾아 그의 하루하루를 체크하는 것이 일과의 전부였다.

　하지만 이것이 얼마나 중요한 자료로 쓰일지 너무나 잘 알기 때문에 절대 소홀히 할 수 없었다.

　강태산이 휴 잭맨을 꺾는 사고를 쳐준다면 지금 그녀가 수시로 인터뷰하면서 찍은 영상은 특집으로 편성되어 전국에 방송될 것이기 때문이다.

체육관의 문을 열고 들어서자 여전히 많은 선수들이 구슬 땀을 흘리며 훈련에 매진하고 있었다.

UFC의 메카답게 라스베이거스에는 5개의 대형 체육관이 있었는데 그중에서 트럼프체육관은 두 번째로 큰 곳이었다.

서두르지 않고 천천히 걸었다.

그녀의 아름다운 모습에 훈련을 하던 선수들이 하나둘 시선을 돌려 바라봤지만 최유진은 오로지 강태산이 훈련하는 장소만 바라본 채 걸음을 옮겼다.

"오셨어요?"

김만덕이 녹초가 된 모습으로 그녀를 향해 인사를 해왔다.

벌써 오후 5시.

김만덕은 강태산의 스파링 상대가 되어 옥타곤을 얼마나 뒹굴었는지 온몸이 땀으로 범벅이 된 상태였다.

"태산 씨는 어디 있어요?"

"저기."

최유진의 시선이 김만덕의 손가락을 따라 움직였다.

강태산은 김만덕의 손끝에 있었는데 바로 옥타곤의 중앙이었다.

"어머, 뭐 하는 거죠?"

"실전 스파링을 한다네요. 쟤가 웰터급 유망주라면서 조던이 붙여줬어요."

"태산 씨 지금까지 훈련한 거 아니에요?"

"방금 전까지 저랑 한 시간 동안 씨름했죠."

"그런데 쉬지도 않고 스파링을 한다는 거예요?"

"형이 언제 내 말을 들었어요. 그냥 하겠다고 우겨서 아버지도 어쩔 수 없었어요."

"잠깐만요, 김 기사님!"

최유진의 손이 급격하게 움직였다.

그녀는 따라오다가 잠시 화장실을 다녀온 카메라맨을 향해 정신없이 손짓을 해댔다.

라스베이거스에 온 지 3일 동안 강태산이 실전 훈련을 하는 건 이번이 처음이다.

그녀가 스태프들을 이끌고 미국까지 강태산을 따라온 것은 이런 그림을 찍기 위함이었으니 최유진의 행동은 저절로 급해졌다.

"김 기사님, 지금 촬영 시작할 수 있죠?"

"당근이지."

"그럼 저기로 가요. 아니, 코너 쪽이요. 거기가 제일 그림이 잘 나올 것 같아요."

"오케이."

김상문이 카메라를 세팅하는 걸 보면서 최유진이 김만덕을 향해 고개를 돌렸다.

"김 코치님, 나 좀 도와줘요."

"뭘요?"

"저랑 같이 저쪽으로 가서 인터뷰 좀 해줘요."

"제가요?"

"몇 가지만 물을 테니까 대답해 주면 돼요. 아주 쉬워요."

"뭘 물을 건데요?"

"스파링에 올라간 선수의 간략한 프로필하고 지금까지 강태산 선수가 훈련한 내용들에 대해서 물어볼게요."

"난 저 친구에 대해서 잘 모르는데요."

"어디 출신인지, 그리고 체급이 뭔지, 전적이 어느 정도 되는지만 알면 돼요."

"그 정도야 뭐……."

"빨리 가요. 시합 시작되려고 하잖아요."

강태산은 옥타곤에서 브라질 출신의 로드리게스와 마주선 채 최유진을 보고 빙긋 웃었다.

그녀의 옆에는 땀으로 범벅이 된 김만덕이 여유 있는 모습으로 뭔가를 이야기하고 있었는데 아마 스파링에 관한 내용일 것이다.

역시 아름답다.

수많은 남자를 상사병에 몰아넣은 야구여신답게 그녀의 미모는 체육관을 환하게 비출 만큼 아름다웠다.

하지만 그게 전부다.

스스로 옷을 벗지 않는 한 강태산은 최유진을 어떻게 할 생각이 전혀 없었다.

강태산은 곧 고개를 돌려 자신을 잡아먹을 듯이 노려보고 있는 로드리게스를 바라보았다.

놈은 뭐가 그렇게 불만인지 이번 스파링을 달가워하는 것 같지 않았다.

두 달 후에 데뷔전을 치른다고 했던가.

주짓수의 고수를 보내달라고 했더니 제프리 조던은 서슴없이 로드리게스를 추천했다.

상당한 수준의 서브미션 기술을 보유했고 테이크다운에도 일가견이 있으니 훈련 상대로 최적의 상대라며 입에 거품을 물었다.

웰터급답게 체구가 크다.

물론 자신 역시 체중을 내려 라이트급으로 경기를 치르고 있지만 로드리게스의 체구는 지금까지 상대한 선수들에 비해 훨씬 컸다.

더군다나 아직 체중 조절을 하지 않았는지 족히 80kg은 돼 보였다.

"로드리게스, 오늘 안 좋은 일 있나?"

"오늘은 친구들과 함께 블랙잭을 하기로 한 날인데 당신 때문에 지각하게 생겼다. 기분이 좋을 리 없잖아."

"그렇군."

"빨리 하자고. 내 친구들이 기다리고 있어."

"좋아, 무슨 소린지 알았으니까 휴식 시간 없이 10분만 뛰자. 그러면 되겠지?"

"오케이. 조심해. 난 스파링이라고 적당히 하는 성격이 아니야."

"내가 원하는 바다."

미리 주문을 한 것처럼 로드리게스는 훈련이 시작되자 미친 들소처럼 강태산을 향해 접근해 들어왔다.

타격은 완전히 배제한 훈련이었기 때문에 로드리게스는 아무런 제동 없이 테이크다운을 연속해서 시도했다.

강태산은 로드리게스의 테이크다운을 피하지 않았다.

놈의 체구가 자신보다 컸지만 김만덕에 비하면 새 발의 피였기 때문에 충분히 커버가 가능했다.

오른쪽 다리를 붙잡고 늘어지는 로드리게스의 목을 잡으면서 체중을 상대의 몸을 향해 밀었다.

왼쪽 다리는 견고하게 몸이 밀리지 않도록 버텼고, 오른손은 놈의 다리를 견제했다.

여기서 쓰러지면 바로 그라운드 기술로 들어가기 때문에 쓰러지지 않는 것이 최선의 방어였다.

로드리게스가 쓰러뜨리기 위해 안간힘을 썼으나 강태산은 견고한 방어선을 확보하고 거머리처럼 달라붙은 그의 균형을 무너뜨리며 좌우로 돌았다.

물론 이것보다 훨씬 효율적인 방어 수단이 있지만 그것을 쓸 수는 없었다.

단지 훈련인 상황에서 자신이 준비한 수법들을 노출시킬 필요는 없기 때문이다.

다리를 잡은 채 강태산을 무너뜨리려 애쓰던 로드리게스의 손이 허벅지를 타고 허리 쪽으로 올라오더니 순식간에 좌측으로 틀었다.

체중을 이용해서 넘어뜨리는 전략이다.

강태산은 로드리게스가 빠르게 전략을 바꿔서 공격을 해오자 그 힘을 이용해 그대로 몸을 띄웠다.

이화접목의 수법.

먼저 몸을 띄워 자신의 힘을 가미시킴으로써 로드리게스의 의도를 꺾어버리는 기술이다.

강태산이 힘에 순응하면서 몸을 띄워 바닥으로 먼저 내려가자 안간힘을 쓰던 로드리게스의 거대한 체구가 힘없이 무너지며 동시에 바닥을 뒹굴었다.

순간적인 스피드를 이용해서 강태산이 로드리게스의 팔을 벗어나 옥타곤의 중앙에서 몸을 일으켰다.

로드리게스는 어이없다는 표정을 지었지만 금방 다시 탱크처럼 강태산을 향해 돌진해 왔다.

태클.

테이크다운이 아니라 이건 완전히 무모한 돌진이나 다름없었다.

강태산은 그런 로드리게스를 선 자세에서 그대로 받아들이며 옥타곤의 철망까지 후퇴했다.

그런 후 철망을 뒤에 두고 로드리게스의 목을 찍어 눌렀다.

상대의 목을 컨트롤할 수 있다면 절대 바닥에 쓰러지는 일은 생기지 않는다.

로드리게스의 입에서 짐승 같은 포효가 새어 나왔다.

놈은 자신의 마음대로 되지 않자 제압된 고개를 뿌리치며 울분을 토해내고 있었다.

강태산의 얼굴에 웃음이 떠올랐다.

덩치가 큰 로드리게스의 테이크다운을 막아냈으니 휴 잭맨의 공격은 통하지 않을 것이다.

더군다나 자신에게는 휴 잭맨의 접근을 막아낼 방법이 여러 개 있었다.

물론 로드리게스의 기술 수준이 휴 잭맨에 비해 떨어지겠지만 이 정도면 충분했다.

그 이후로도 강태산은 로드리게스의 다양한 공격을 여러 차례 방어하며 시간을 보냈다.

눈 깜짝할 사이에 로드리게스의 다리를 겨냥한 테이크다운에 강태산이 바닥에 쓰러진 것은 긴장된 눈으로 지켜보던 최유진이 목을 축이기 위해 물병을 들어 올릴 때였다.

기어코 강태산을 바닥에 쓰러뜨린 로드리게스는 마치 미친 황소를 보는 것 같았다.

그는 쓰러진 강태산을 몸으로 누른 채 벗어나지 못하도록 다리로 옭아매며 팔을 뻗어 목을 잡아왔다.

그러고는 천천히 자신의 상체를 끌어올리며 압박을 시작했다.

뱀이 궁지에 몰린 쥐를 사냥하듯 그의 몸은 조금씩 강태산의 상체를 움직이지 못하도록 밀착하며 서브미션 기술을 펼칠 기회를 만들어 나갔다.

그런 후 강태산의 몸이 더 이상 움직이지 못하자 빠르게 왼쪽 팔을 노리며 기무라를 걸어왔다.

기무라는 팔을 완전히 꺾어서 상대의 항복을 받아내는 대표적인 서브미션 기술이다.

로드리게스가 상체를 타고 올라올 때까지 움직이지 않던 강태산이 왼팔을 구부려 버티며 오른손으로 창처럼 로드리게스의 옆구리를 찔렀다.

파악!

로드리게스의 숨이 멈춰지는 게 느껴졌다.

강태산의 왼팔을 꺾기 위해 용을 쓰던 로드리게스는 옆구리에서 피어오른 끔찍한 고통을 이기지 못하고 입을 떠억 벌렸다.

그 순간을 이용해서 제압당한 다리를 푼 강태산의 몸이 왼쪽으로 로드리게스의 몸통을 튕겨낸 후 여유있게 바닥에서 일어났다.

"우와, 김 코치님, 저거 어떻게 한 거죠?"

"글쎄요. 워낙 순식간에 일어난 일이라서."

"로드리게스가 엄청 고통스러운 표정을 짓고 있잖아요. 아우, 답답해. 설명 좀 해줘요."

"저도 정확하게 못 봤어요. 기무라를 저런 식으로 빠져나오는 건 저도 처음 봤습니다."

"김 코치님이 가르쳐 준 거 아니에요?"

"다른 건 다 가르쳐 줬는데 저건 안 가르쳐 줬어요. 아마 독학한 모양입니다."

"어머어머, 또 쓰러졌네. 처음에는 잘 방어하더니 왜 자꾸 쓰러져요? 상대 체구가 커서 체력에서 밀리는 거예요?"

"훈련이잖아요. 태산이 형은 저 친구의 공격을 하나씩 받아 볼 생각인 것 같아요."

김만덕의 말을 강태산은 몸으로 직접 증명하고 있었다.

로드리게스가 상체로 짓누르며 서브미션 기술을 하나씩 펼치도록 강태산은 바닥에 쓰러진 채 받아내고 있었다.

밀어내기 초크에 이어 암바 공격이 펼쳐졌고, 힐훅, 아킬레스 락, 니바 등이 연이어 시도되었다.

그러나 강태산은 공격이 채 완료되기도 전에 귀신처럼 빠져나왔는데 그때마다 로드리게스의 입에서는 고통스러운 신음이 터져 나왔다.

공격을 당한 건 강태산인데 충격을 받은 건 로드리게스였다.

"저것도 어떻게 한 건지 몰라요?"

"자꾸 묻지 마요. 괴로우니까."

"왜요?"

"이상하네. 왜 내가 가르쳐 준 건 하나도 안 써먹는지 모르겠어요."

"푸훗, 그럼 저걸 모두 태산 씨가 독학했다는 거예요?"

"쩝!"

최유진의 웃음소리에 김만덕이 입맛을 다시며 고개를 돌렸다.

옥타곤에서는 훈련을 마친 강태산이 로드리게스에게 수고했다며 악수를 청하고 있었다.

로드리게스는 강태산의 손을 마주 잡으며 귀신을 본 것과 비슷한 표정을 짓고 있었다.

최유진의 입이 다시 열린 건 강태산이 김 관장과 함께 그녀가 있는 쪽으로 걸어올 때였다.

"태산 씨는 그라운드 기술도 대단한 것 같아요. 그런데 왜 지금까지 한 번도 저런 기술을 쓰지 않은 걸까요?"

"우리 형은 그라운드로 가는 거 싫어해요. 화끈한 타격전이 태산이 형의 전공이죠."

"어쨌든 제 눈으로 보니까 안심이 되네요. 전문가들이 태산 씨 그라운드 기술이 약하다고 모두 걱정했거든요."

"그래도 안심할 수 없어요. 휴 잭맨은 로드리게스와는 비교조차 할 수 없을 만큼 대단한 놈이니까요."

강태산이 그녀 쪽으로 다가오자 최유진이 활짝 웃으며 입을 열었다.

그때까지 김 기사는 카메라를 끊임없이 돌리고 있었다.

"오늘 훈련 정말 대단했어요."

"대단하긴요. 훈련이라 대충대충 한 겁니다. 저 친구도 내가 시합에 나가기 때문에 전력을 기울이지 않았어요."

"그래도요."

"오늘따라 더 예쁘군요. 무슨 일 있습니까?"

"평소에는 안 예뻤던 것처럼 말씀하시네요."

"그런 뜻은 아닙니다."

"그런데 정말 궁금한 게 있는데 가르쳐 주실 수 있어요?"

"뭡니까?"

"상대 선수가 기술을 걸 때마다 힘들지 않게 빠져나왔잖아요. 어떻게 하신 거예요?"

"그건 비밀입니다. 시합 전에 비밀을 알려줄 수는 없죠."

"하긴 그러네요."

"다 찍었으면 갑시다. 하루 종일 체육관에서 뒹굴었더니 조금 힘들군요. 만덕아, 짐 챙겨라."

"오늘은 제가 밥 살게요."

"무슨 밥을 삽니까. 식사는 호텔에서 해결하면 되는데."

"제가 돌아다니면서 알아봤더니 여기에도 한국 음식 파는 데가 있더라구요."

"정말입니까?"

"김치찌개도 팔고 삼겹살도 있어요. 어때요, 먹고 싶지 않아요?"

"그렇다면 당연히 가야죠."

강태산이 최유진의 말에 반색하자 옆에 있던 김 관장은 물론이고 김만덕까지 표정이 밝아졌다.

맨날 스테이크와 기름진 음식을 먹었더니 속이 다 미식거릴 지경이었기 때문에 그녀의 입에서 김치찌개란 말이 나오자 저절로 입에서 침이 고인 때문이다.

그녀가 알아낸 한국 식당은 라스베이거스 중심가에서 조금 외곽으로 벗어난 곳에 위치하고 있었는데 상호가 '아리랑'이었다.

참으로 웃긴 인연이다.

자신의 출정가도 바로 아리랑이었으니 인연이라면 인연이다.

한국 식당이라고는 했지만 초현대식으로 지어졌고 인테리어도 깔끔해서 꽤나 비싸 보이는 곳이다.

김만덕이 주춤거리며 입을 연 것은 '아리랑'에 들어서서 가격표를 확인한 후였다.

"무슨 김치찌개가 10만 원이나 해요? 우와, 미치겠네."

"김치찌개를 금치로 만드는 모양이다."

김 관장이 인상을 쓰면서 고개를 흔들었다.

그 역시 가격표를 확인하고는 환장하겠다는 표정을 지었다.

최유진이 나선 것은 그들이 자리에 앉을 생각을 하지 못하고 있었기 때문이다.

"괜찮아요. 그동안 제가 한 일이 아무것도 없어서 불편했거든요. 우리나라 음식을 먹고 태산 씨가 이길 수만 있다면 맨날 쏠 수도 있으니까 걱정하지 마세요."

지배인이 다가오자 최유진이 두 사람을 소 몰 듯 밀며 방으로 걸어갔다.

그 모습을 강태산은 재미있다는 얼굴로 지켜보며 따라왔다.

김 기사는 오늘 찍은 필름을 본사에 보내야 한다며 빠졌기 때문에 일행은 넷이 전부였다.

가격표에 어울리게 김치찌개는 훌륭했다.

방을 가득 채우는 매콤하고도 알싸한 김치찌개 냄새가 흘러나오자 일행은 전부 눈을 부릅뜨고 어서 빨리 보글보글 끓기를 기다렸다.

"관장님, 침 삼키세요. 그러다가 냄비 뚫어지겠습니다."

"오랜만에 김치찌개를 보니까 속에서 난리가 아니다. 정말 근사한걸."

"한잔하시겠습니까?"

"소주?"

"이렇게 좋은 안주가 나왔는데 그냥 넘길 수 없잖아요."

"인마, 시합이 얼마 남았다고 술을 마셔. 그냥 밥이나 먹으란다."

"그러지 말고 한잔하세요."

"넌 왜 남자의 신념을 자꾸 꺾으려고 그래. 시합 끝날 때까지 금주라니까!"

"저는 안 마실 테니 관장님은 한잔하세요. 만덕이는 내일 훈련해야 되니까 참고. 최 기자가 우리 관장님 술친구 해주면 되겠네."

"저야 콜이죠."

김 관장의 표정이 일그러졌다.

소주.

매일같이 마시던 소주를 끊은 지 벌써 두 달이 다 돼가고 있었다.

시합에 이기는 날까지 절대 마시지 않겠다고 굳게 다짐했는데 강태산이 자꾸 권유하자 유혹이 산처럼 밀려왔다.

하지만 그 갈등은 금방 끝나고 말았다.

이제 막 보글보글 끓기 시작한 김치찌개가 마치 술과 함께 넣어줘야 진정한 맛을 보여줄 수 있다며 마구 그를 향해 울어대고 있었기 때문이다.

"그럼 한 병만."

정말 오랜만에 맛본 김치찌개는 꿀맛 같았다.

좋은 음식, 그리고 좋은 사람들.

함께 저녁을 먹는 동안 일행의 얼굴에서는 웃음꽃이 떠나지 않았다.

김 관장은 결국 한 병이라는 약속을 지키지 못하고 혼자거의 두 병을 마신 후 김만덕의 등에 업혀 먼저 호텔로 돌아갔기 때문에 둘만 남았다.

남과 여, 그리고 천국처럼 보이는 화려한 네온사인.

분위기로서는 최고의 조건이다.

강태산과 최유진은 자신들을 비추는 네온사인을 받으며 천천히 시내를 걸었다.

"화려하군요."

"환락의 도시니까요. 태산 씨는 벌써 여기에 세 번째 온 거네요?"

"하지만 여자와 걷는 건 처음입니다. 그래서 그런지 가슴이 떨리는데요."

"그거 작업 멘트로 들려요."

"그런가요. 그냥 듣기 좋으라고 한 말이니까 신경 쓰지 마세요."

"신경 안 쓸 거예요. 태산 씨는 절 놀리는 게 취미잖아요."

"커피 한잔할래요?"

"어디서요?"

"호텔로 갑시다. 어차피 호텔로 돌아가야 하니까 그쪽으로 가죠."

"좋아요."

그라나다호텔은 걸어서 십 분도 걸리지 않았다.

두 사람은 네온사인을 구경하면서 천천히 걸었는데도 성처럼 꾸며진 호텔에 도착했을 때의 시간은 8시를 조금 넘었을 뿐이다.

커피를 주문하고 마주 앉은 두 사람로 잠깐 어색한 분위기가 흘렀다.

지금까지 두 사람만 마주 앉은 경우는 거의 없었기 때문이다.

그러나 강태산은 곧 그런 분위기를 깨뜨렸다.

"힘들지 않습니까?"

"뭐가요?"

"저 같은 남자 쫓아다니는 거 말입니다."

"일인데요, 뭐."

"아무리 봐도 난 당신이 격투기와 어울리지 않는 것 같습니다. 당신은 야구여신이 훨씬 어울리는 사람입니다."

"제 사정 알면서 그러세요. 일부러 그러시는 거죠?"

"하나 물어봐도 됩니까?"

"곤란한 거라면 물어보지 마요."

"아무래도 곤란한 질문 같은데……."

"그렇게 말하면 궁금해지잖아요. 말해봐요. 듣고 나서 결정할 테니까."

"섹스가 싫습니까?"

"이봐, 이봐, 내가 이럴 줄 알았어요. 정말 당신, 대책 없는 사람이에요."

"놀리려고 한 말 아닙니다. 정말 궁금해서 그래요."

"섹스가 더럽다고 생각한 적은 한 번도 없어요. 하지만 섹스는 사랑하는 사람과 해야 된다는 게 제 생각이에요. 사랑 없는 섹스는 아무런 의미가 없잖아요."

"그래서 사주 아들한테 물을 끼얹고 야구여신에서 물러난 거군요."

"그 소문, 정말 모르는 사람이 없네요."

"당신은 유명한 사람이니까 당연한 거 아닙니까."

"벌써 그 일이 생긴 지 꽤 지났는데도 마치 꼬리처럼 저를 따라다녀요. 정말 괴로운 일이에요."

"왜 남자친구를 사귀지 않습니까? 당신 같은 사람이라면 수많은 남자들이 대시했을 텐데."

"저한테는 말하지 못할 사정이 있어요. 아마 그것 때문에 남자들이 접근하는 걸 두려워하는 것 같아요."

"그렇다면 혼자 살 생각입니까?"

"지금은 남자를 만날 생각이 없어요. 하지만 언젠가 백마 탄 왕자가 나타난다면 생각이 달라지겠죠."

"그러기를 바라겠습니다."

"뭘요?"

"백마 탄 왕자가 빨리 나타나서 당신을 행복하게 해주기를 요."

"행복이 뭔데요?"

"사랑이죠. 당신은 사랑을 해야 섹스를 할 수 있다니 그렇게 되기를 바란다는 뜻입니다."

"당신 정말 끝까지……."

"섹스는 좋은 겁니다. 절대 추한 것이 아니니까 지금처럼 건강하고 예쁠 때 열심히 하세요."

최유진과 커피를 마신 시간은 30분이 조금 넘었을 뿐이다. 그녀가 토라져서 돌아갔기 때문이다.

강태산은 일부러 섹스라는 말을 강조하며 그녀를 끊임없이 불편하게 만들었다.

사랑, 섹스.

사랑하는 사람과 섹스를 해야 행복하다는 그녀의 말을 그는 믿지 않았다.

사랑은 사랑이고 섹스는 섹스라는 게 그동안 살아온 그의 지론이다.

하지만 그녀의 생각은 조금도 흔들리지 않았고, 강태산의 말이 지속될수록 앉아 있는 걸 힘들어했다.

그녀가 돌아간 후에도 강태산은 자리에서 일어나지 않았다.

가만히 앉아 홀을 가득 채우며 흐르는 음악을 듣고 있자니 많은 생각이 뇌리를 스쳐 지나갔다.

그의 칼에 쓰러지던 사람들의 시선, 야차가 되어 살아온 인생.

더러운 인생이 그에게 준 악마의 유혹.

피를 그리워하게 된 삶은 언제나 평온한 시간을 거부했다.

무림에서 현실로 돌아온 이후 꽤 많은 시간을 고통과 번민 속에서 헤매야 했다.

산다는 것 자체가 너무 힘들었다.

10년에 걸쳐 펼쳐진 지옥 같은 삶이 그를 그냥 내버려 두지 않았으니까.

잠이 들면 언제나 그는 칼을 들고 사람들의 목을 베고 있었다.

그를 향해 날아드는 살인 병기들은 목숨을 노리며 언제나 그의 삶 속에서 함께했다.

그때의 그 삭막함이란…….

홀을 부드럽게 적시며 흐르는 노래는 아주 오래전 세상을 떠들썩하게 만든 '호텔 캘리포니아'였다.

느리지도 빠르지도 않은 템포이나 이 노래는 사람의 심장을 파고드는 호소력으로 강태산의 침묵을 더욱 깊어지게 만들었다.

자신을 배웅하던 은정이의 슬픈 눈망울.

언제나 자신을 믿어주며 좋아해 주던 민다영의 기다림.

평온한 삶 속에 숨어 그림을 그린다는 차지연은 작전이 있을 때마다 언제나 그를 끊임없이 바라보며 사랑을 갈구했다.

그리고 또 한 여자 최유진.

자신을 바라보는 그녀의 눈빛이 점점 변해간다는 것을 느낄 수 있었다.

그래, 바로 사랑을 시작하려는 여자의 눈빛이었다.

자신의 삶 속에는 수많은 여자가 섞여 있었다.

그럼에도 그런 여자들에게 사랑이란 감정을 갖지 않으려 필사적으로 노력했다.

수많은 여자를 품으면서 그가 언제나 한 것은 인연을 만들지 말자는 것이었다.

언제 죽을지 모르는 인생에서 여자는 그저 스쳐 지나가는 존재로 남기는 것이 현명하다고 생각했다.

최유진에게 해서는 안 될 말을 한 것도 그에 대한 일환이었다.

자신에게는 여자의 감정을 홀리는 마력이 있다는 걸 지금까지 살아오면서 충분히 알 수 있었다.

흘러가는 여자라면 마다하지 않는다.

그러나 자신의 곁을 떠나지 못하는 여자라면 그렇게 해서는 절대 안 된다는 것 또한 알고 있다.

은정이 그렇고 차지연이 그렇다.

그리고 지금 자신에게 냉랭한 표정을 지으면 돌아선 최유진도 마찬가지였다.

세 개의 얼굴과 세 명의 여자.

정신은 하나였지만 그의 몸은 셋이었으니 각각의 몸에 꺼려지는 여자들이 하나씩 있다.

다 식어버린 커피를 입으로 가져가며 창문을 통해 들어오는 라스베이거스의 화려한 네온사인을 바라봤다.

아름다움을 느낀다는 건 사치스러운 감정이라 생각해 왔지만 요즘 들어 그 아름다움이 자꾸 가슴속으로 들어온다.

"안녕하세요?"

갑작스럽게 들려온 목소리에 강태산의 시선이 옆쪽으로 향했다.

거기에는 김숙영이 아름다운 원피스를 입은 채 서 있었다.

"어쩐 일이지?"

"태산 씨 만나려고 왔죠."

"이번 경기는 JYN에서 중계하지 않는 걸로 아는데?"

"중계하지 않는다고 취재마저 안 하는 건 아니에요."

"일하러 왔다는 뜻이군."

"맞아요. 그리고 보고 싶기도 했구요."

"왜 내가 보고 싶지? 우리는 하룻밤 엔조이한 사이 아니었나?"

"당신 정말 냉정하군요."

"처음부터 말했잖아."

"좋아요. 만나자마자 먼저 자자고 한 사람은 나니까 그렇다고 쳐요. 그것 가지고 태산 씨를 불편하게 하고 싶지는 않으니까."

"쿨해서 좋네."

"하지만 저도 기자니까 인터뷰에는 응해줘요. 회사에는 분명히 일하러 간다고 했으니까요."

"그거라면 알아서 해. 원하는 대로 해줄게."

"이제 신비주의는 완전히 버렸어요?"

"원래부터 그런 건 없었어. 그저 귀찮아서 피했을 뿐이지."

"저도 커피 한잔해도 돼요?"

"그 정도는 사지. 그런데 커피만 마시고 갈 건가?"

"왜요. 다른 거 필요하세요?"

"오랫동안 굶었거든."

강태산이 강한 눈빛으로 김숙영을 바라봤다.

그 눈빛에 담긴 것은 그녀를 안고 싶어 하는 욕정이었다.

그랬기에 그녀의 얼굴도 금방 붉어졌다.

"저를 안고 싶은 거군요?"

"그래."

"좋아요. 그럼 커피는 다음에 마셔요."

"그런데 잘 생각해야 해. 나는 같은 여자와 세 번 이상 자지 않아. 그러니까 아껴두는 것도 괜찮은 생각이야."

"후훗, 저는 하고 싶을 때는 반드시 해야 되는 성격이에요. 뒤로 미루거나 저축해 두지 않아요. 성격도 솔직하죠. 여기 오면서 계속 생각했어요. 당신과 오늘 밤을 같이 보낼 수 있기를 간절히 원했어요."

"그럼 올라가지."

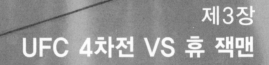

제3장
UFC 4차전 VS 휴 잭맨

휴 잭맨의 나이는 서른넷.

22살에 격투기에 입문했으니 벌써 13년의 경력을 가진 베테랑이다.

그는 미국에서 태어났으나 18살 때 브라질로 넘어가 지금까지 살고 있었는데 주짓수의 달인인 마르셀로에게 사사했고 브라질 내셔널챔피언십에서 세 번이나 우승한 경력이 있었다.

환상적인 주짓수 기술과 더불어 장착되어 있는 그의 좀비 복싱은 상대를 질리게 만드는 무기였다.

주짓수와 더불어 상대를 철망에 가두고 머리를 맞댄 채 퍼

붓는 그의 펀치는 가공하지는 않았지만 충분히 충격을 줄 만큼 강력했다.

정교한 기술을 가진 건 아니었으나 그의 주먹은 철망에서 여지없이 위력을 나타냈다.

그의 무서운 서브미션 기술을 두려워한 상대들이 철망에 몰렸을 때 그의 주먹보다 테이크다운에 더 신경을 쓰면서 펀치에 대한 방어를 제대로 하지 못하기 때문이다.

하지만 그러한 좀비복싱을 가지고 있음에도 그는 강력한 하드펀처들에게는 주로 테이크다운 기술로 승부를 걸었다.

강한 자가 살아남는 것이 아니라 살아남은 자가 진정으로 강한 자라는 신념은 그의 격투기 인생의 지표가 된 지 오래였다.

그 역시 관중들의 야유가 무엇 때문에 터져 나오는지 알고 있었다.

테이크다운에 쓰러진 자들은 그의 서브미션을 방어하기 위해 온몸을 웅크리고 버티기 때문에 야금야금 힘을 빼놓은 과정을 거친 후에야 승부를 결정짓는 시간이 필요했다.

관중들은 그런 기다림을 지루해하며 못 견뎌하는 것이다.

야유를 받았지만 그는 언제나 승리했고, 그런 관중들의 야유를 비웃었다.

격투의 꽃은 펀치가 아니라 상대의 팔과 다리를 꺾어 단숨에 승부를 보는 관절 공격이라는 게 그의 생각이었다.

그는 그런 신념을 그가 머물고 있는 도널드호텔에서 있던 기자회견을 통해 고스란히 나타냈다.

"강태산이 상당한 수준의 인파이터라고 알고 있습니다. 하지만 그는 이번 경기에서 제대로 서서 옥타곤을 걸어 내려가지 못할 것입니다."

"왜 그렇습니까?"

"내가 잘근잘근 그의 팔, 다리를 꺾어놓을 것이기 때문이오."

"그는 14번을 전부 KO로 이긴 강타자입니다. 당신도 그의 주먹에 걸리면 무사하지 못할 텐데 그에 대한 대책은 세워놓았습니까?"

"나는 시합을 하기 전에 언제나 상대의 경기 장면을 수없이 돌려보며 연구합니다. 강태산은 절대 하드펀처가 아니오. 그 정도의 주먹이라면 나는 백 대라도 고스란히 맞아줄 수 있소."

휴 잭맨은 기자들의 질문에 자신감을 나타냈다.

그러나 그런 자신감을 제대로 반박한 기자는 한 사람도 없었다.

한 번도 KO 패를 당한 적이 없는 그의 맷집은 강하기로 정평이 나 있었기 때문이다.

그것은 핵 펀치를 보유하고 있다는 맥도웰과의 경기만 보더라도 충분히 알 수 있었다.

타이틀전을 벌였을 때 맥도웰의 정타가 몇 차례 들어갔음에도 그는 끝끝내 살아남아 5라운드 내내 챔피언을 괴롭혔다.

"마지막으로 강태산에 대해서 한 말씀 부탁드리겠습니다."

"강태산은 럭키보이요. 그자가 지금까지 승리를 할 수 있던 것은 진정한 강자를 만나지 못했기 때문이라고 생각합니다. 이번 경기에서 내가 확실히 보여줄 테니 기다리시오. 하룻강아지가 어떻게 옥타곤에서 쓰러지는지 잘 감상하란 말입니다."

김현웅과 하정아는 시합 3일 전에 라스베이거스에 도착해서 짐을 풀었다.

아직 시합은 3일이나 남았지만 그들은 하루만 주변을 여행했을 뿐 나머지는 거의 숙소에서 움직이지 않았다.

강태산의 시합을 보러 온 것이 목적이지 여행을 하기 위해 온 것이 아니었다.

그들이 이틀 동안 숙소에서 한 것은 각종 포털사이트에 글을 올려 같이 응원할 사람들을 구하는 것이었다.

자신의 블로그는 물론이고 인연을 맺은 격투기 카페와 심지어 스포츠클럽에까지 글을 올리고 사람들의 반응을 살폈다.

재밌는 것은 하루가 지나자 거대 포털사이트들의 일면에 그들이 올린 응원 문구가 대문짝만 하게 게재되었다는 것이다.

'대한민국의 풍운아, 강태산을 응원합니다!'

역시 포털사이트의 위력은 대단했다.

포털사이트 전면에 뜬 영향 때문인지 그의 격투기 블로그는 순식간에 10만 명이 접속했고 셀 수 없이 많은 응원 댓글이 달리기 시작했다.

물론 그 댓글들은 대부분 이번 경기에서 강태산이 이기기를 바라는 것이었으나 간간이 그들과 함께 응원하겠다는 글도 달려 있었다.

물론 많지는 않았다.

그들이 확인한 숫자는 겨우 10여 개에 불과했다.

그럼에도 김현웅과 하정아는 그런 댓글을 찾아냈을 때 하늘을 날아갈 것 같은 기쁨을 맛봤다.

"오빠, 이 사람들 정말 올 수 있을까?"

"인터넷상이니까 장난 글일 수도 있어. 그런데 몇 명은 정말인 것도 같아. 미국에 산다는 사람들도 있었잖아."

"아, 정말 몇 명이라도 왔으면 좋겠다."

"이틀 후면 알 수 있겠지. 호텔 로비에서 만나기로 했으니까 기다려 보자."

김현웅이 기대감을 숨기지 못하고 하정아를 바라보았다.

혼자였다면 외로웠을 것이다.

이역만리 이국땅에서 누군가를 응원하기 위해 혼자 왔다면 더없이 외로웠을 테지만 자신의 곁에는 모든 것을 함께하는 하정아가 있었다.

아무도 오지 않을 수도 있으나 실망하지는 않을 것이다.

예전처럼 강태산의 경기가 벌어지는 순간 그는 평생의 반려 자인 하정아와 함께 목이 터지라 응원할 테니 말이다.

이틀 후 김현웅과 하정아는 태극기를 손에 들고 그라나다 호텔로 향했다.

그들이 머물고 있던 곳은 라스베이거스 외곽에 있는 작은 호텔이었기 때문에 그라나다호텔까지는 택시를 타고도 20분 이나 걸렸다.

인터넷에 올린 글에는 같이 응원할 사람들은 시합 전날 그 라나다호텔에서 7시에 만나자는 내용이 담겨 있었다.

택시에서 내려 호텔 앞에 도착했을 때의 시간은 6시 반이었 다.

사람들과 만나기로 한 시간보다 30분이나 빨리 온 것은 기 대감과 설렘, 그리고 주최자로서의 책임감 때문이었다.

화려한 호텔의 불빛이 마치 성처럼 빛나고 있었다.

라스베이거스에서도 최고급 호텔인 그라나다호텔은 대로변에 위치하고 있었는데 밤이 되면 황홀할 정도로 아름다운 조명이 일품이었다.

"오빠, 나 떨린다."

"그러지 마. 이것도 추억이라고 생각하면 돼. 우리가 평생을 살아가면서 간직할 추억."

"그러고 보면 오빠는 정말 낭만적이야."

"실망할 일이 아니잖아. 어쩌면 꿈같은 일인지도 몰라. 이역만리 떨어진 곳에서 같이 응원하자고 글을 올렸으니 얼마나 엉뚱한 짓이야."

"그래도 나는 사람들이 왔으면 좋겠어."

"그건 나도 그래."

"우리 어디 잠깐 앉을까?"

"저기가 좋겠다. 아직 시간이 남아 있으니까 저기서 기다리자."

김현웅이 가리킨 곳은 보도에 설치되어 있는 벤치였다.

벤치로 다가가 자리에 앉은 김현웅은 태극기를 가슴에 두른 채 하정아의 손을 잡았다.

"저기에 강태산 선수가 있어. 알지?"

"응."

"한번 직접 봤으면 좋겠다."

"나도. 시합에서만 봤지 직접 본 적은 없어서 만나고 싶어."

"준비 잘 했을까?"

"잘 했을 거야. 그 사람, 지금까지 우릴 실망시킨 적이 없으니까 이번에도 이길 게 분명해."

두 사람은 도란도란 이야기를 나누며 화려하게 빛나는 그라나다호텔을 바라보았다.

사랑하는 사람과 함께 바라보는 호텔의 전경은 그들에게 많은 꿈을 심어주기에 충분했다.

등에 배낭을 멘 남자가 주춤거리며 그들에게 다가온 것은 김현웅이 마침 시계를 보다가 자리에서 일어나려 할 때였다.

"혹시… 김현웅 씨 아니세요?"

"예, 제가 김현웅입니다."

"반갑습니다. 저는 천호진이라고 합니다. 인터넷에 올린 글을 보고 같이 응원하려고 왔습니다."

"정말이세요?"

"저는 강태산 선수의 광팬이라서 이번에 큰 마음먹고 응원을 왔는데 김현웅 씨의 글을 보고 찾아오게 되었습니다."

"반갑습니다. 정말 반갑습니다."

"글을 보다 보니 저와 같은 사람들이 있다는 게 너무나 신나더군요. 그래서 다른 생각은 하지 않고 무조건 달려왔습니다."

"그런데 저희는 어떻게 알아보셨어요? 만나자는 장소는 저기였는데……."

"아무도 없어서 두리번거리다가 태극기를 보고 왔죠. 김현웅 씨 몸에 둘러 있는 태극기."

천호진의 손가락이 자신을 가리키자 그때서야 김현웅이 자신의 가슴에 태극기를 둘렀다는 걸 기억하고는 탄성을 질렀다.

"그랬군요. 우리 여기서 이러지 말고 저기에 가서 이야기 나누죠. 사람들이 더 올지도 모르잖아요."

대한민국의 인구는 4천 5백만이지만 해외에도 8백만의 동포가 살고 있었다.

김현웅을 찾아온 사람은 모두 여섯.

천호진과 뒤늦게 합류한 신규성, 조한석은 국내에서 왔고, 재미동포가 두 명, 한 명은 캐나다에서 온 사람이었다.

여덟 개의 태극기.

이번 모임에 참여할 때는 쉽게 알아보자는 취지에서 태극기를 가져와 달라는 김현웅의 부탁을 그들은 잊지 않았다.

"이렇게 와주셔서 정말 고맙습니다. 내일 시합에서 우리 같이 목이 터져라 응원합시다."

"그러려고 왔으니까 걱정하지 마세요. 옥타곤에서 강태산 선수가 들을 수 있도록 고래고래 소리 지를 겁니다."

김현웅이 부탁하자 미국 여행 중에 찾아왔다는 조한석이 호쾌하게 대답했다.

그는 한 달 전 미국에 넘어와서 지금까지 여행 중이었는데 강태산의 경기를 본 후 귀국할 예정이라고 한다.

"이제 올 사람은 거의 다 온 것 같으니까 우리 같이 가서 맥주나 한잔합시다. 맥주는 제가 쏘죠."

"그거 좋습니다. 이렇게 만난 것도 인연인데 술 한잔은 해야죠. 안주는 제가 사겠습니다."

"그럼 자리를 옮길까요?"

같은 목적으로 만난 사람들.

아무런 이해관계 없이 만난 사람들은 금방 친해지는 법이다.

한 시간 동안 다른 사람들을 기다리며 그들은 여러 가지 주제를 가지고 즐겁게 대화를 나눴다.

얼굴에 담겨 있는 싱그러운 웃음.

사람들을 대하는 호의에는 아무런 가식도 담겨 있지 않았다.

시커먼 그림자들이 그들을 향해 다가온 것은 자리를 옮기기 위해 김현웅이 먼저 몸을 돌릴 때였다.

"여러분, 반갑습니다."

앞에서 누군가 말을 걸어오자 김현웅은 잠시 동안 가만히 서서 다가온 사람을 확인하다가 눈을 부릅떴다.

말을 걸어온 사람의 정체를 뒤늦게 알아챘기 때문이다.

강태산.

세상에!

어둠 속에서 걸어 나와 그에게 말을 붙인 건 그가 간절하게 승리를 기원하는 강태산이 분명했다.

"…강태산 선수."

놀란 것은 김현웅뿐만이 아니었다.

하정아는 얼마나 놀랐는지 김현웅의 팔을 붙잡은 채 늘어 졌고, 나머지 사람들도 제자리에서 꼼짝도 하지 못했다.

강태산은 눈을 감고 천천히 심호흡을 했다.

같은 메인 경기로 잡혀 있지만 그래도 페더급 타이틀전이 주경기인 것만은 사실이기에 그의 경기는 여섯 번의 경기 중 다섯 번째로 열리게 되어 있었다.

눈을 감자 관중들의 들끓는 환호성이 훨씬 크게 들려오는 것 같았다.

시합이 벌어지는 만델레이베이 이벤트센터는 이미 관중들 로 꽉 들어차 있는 상태였다.

강태산은 두 시간 전에 도착해서 몸을 풀기 시작했고, 이제는 그마저도 멈춘 채 집행진에서 부르기만 기다리고 있는 중이다.

벌써 네 번째 시합도 마지막 라운드를 향해 치닫고 있었다.

"형, 어깨 좀 대봐."

"왜?"

"마지막으로 한 번 더 마사지 좀 하자. 근육이 뭉쳐 있는 곳이 있으면 안 돼."

"그런 데 없으니까 걱정하지 마라."

"코치 말 좀 들어. 고집 부리지 말고."

김만덕이 막무가내로 강태산의 등 뒤로 돌아가 어깨에 손을 올린 후 부드럽게 움직이기 시작했다.

덩치는 남산만 한 놈의 손이 마치 새색시의 손처럼 강태산의 어깨를 부드럽게 주무르며 날렵하게 노닐었다.

무엇이든 오래하면 능숙해지는 모양이다.

지금 대기실에는 모두 합해서 열 명이 자리를 함께하고 있었다.

미국 내에서 UFC 중계권을 확보하고 있는 FOX 채널의 카메라맨과 스텝들, 최유진과 김숙영 일행이 들어와 있기 때문이다.

최유진을 따라온 김 기사는 강태산이 대기실로 들어와 몸을 푸는 순간부터 지금까지 단 한 번도 카메라를 멈추지 않았다.

"강태산 선수, 시합이 얼마 남지 않았어요. 컨디션은 어떻습니까?"

"좋습니다."

"오늘 시합 기대해도 될까요?"

"걱정하지 마십시오. 이번에도 저는 단 한 순간도 후회하지 않을 만큼 멋진 경기를 펼칠 겁니다."

"출전하기 전에 대한민국 국민들에게 한 말씀 해주세요."

"국민 여러분, 강태산입니다. 반드시 이기고 돌아가겠습니다. 기대해 주십시오."

*   *   *

김현웅과 하정아는 같이 응원하자고 모인 사람들과 함께 동쪽 게이트를 통해 경기장에 들어선 후 2층 난간에 커다란 태극기를 걸었다.

나중에 오는 사람들이 이곳으로 찾아와 같이 응원하기를 바라는 마음에서였다.

기대하지는 않았다.

대한민국 사람들은 격투기를 그리 좋아하지 않았고 여긴 미국이니 사람들이 찾아오지 않을 것이라 생각했다.

하지만 그의 예상은 빗나갔다.

태극기를 걸어놓은 지 불과 10분도 지나지 않아 이십여 명의 한국 사람들이 태극기를 든 채 그들이 있는 곳으로 온 것이다.

"우리는 강태산 선수의 팬클럽 회원들입니다."

그렇구나.

강태산이 간절하게 이기기를 응원하는 사람들은 자신들만 있는 것이 아니라는 것을 그들의 붉어진 얼굴을 보면서 깨달았다.

아니, 오히려 강태산의 팬클럽이라고 소개한 사람들은 이 경기를 보기 위해 국내에서부터 철저하게 준비하고 넘어왔으니 그 열정은 오히려 자신들보다 훨씬 뜨거운 것이었다.

사람들은 서로의 손을 맞잡았다.

오직 대한민국 사람이라는 이유로 강태산이 이기기를 간절하게 바라는 마음이 담긴 손은 더없이 따뜻했다.

정말 대한민국은 세계 최강의 인터넷 강국이 맞는 모양이었다.

시합이 진행되는 동안 그들이 모여 있던 장소에는 사람들이 하나둘씩 가세하더니 시합이 시작될 때는 거의 50여 명이 태극기를 흔들었다.

일일이 인사를 하면서 자신이 내건 응원 문구를 보고 왔다는 것을 들었을 때는 온몸에 전율이 흘렀다.

물론 자신 때문에 모인 것은 아닐 테지만 그럼에도 알 수 없는 자긍심과 기쁨이 김현웅의 내면에서 끝없이 솟구쳐 올라왔다.

시합은 계속 진행되었고, 시간은 여지없이 흘러갔다.

게임이 끝나갈수록 만달레이베이를 가득 채운 관중들의 열기도 점점 뜨거워져 갔다.

오늘의 메인이벤트인 강태산의 경기가 코앞으로 다가오고 있었기 때문이다.

대한민국의 국민이 아니었음에도 관중들은 강태산의 경기를 학수고대하고 있었다.

그가 보여준 불꽃같은 인파이팅.

그들은 강태산이 이번에도 휴 잭맨을 상대로 그런 경기를 보여줄 것이라 기대하는 것 같았다.

드디어 네 번째 경기가 끝나면서 관중들이 술렁이기 시작했다.

그동안 잠잠하던 관중들은 전광판에 강태산과 휴 잭맨의 모습이 뜨면서 곧 있을 경기를 예고하자 열광적으로 함성을 지르기 시작했다.

그런 후 얼마의 시간이 지났을까.

경기장이 순식간에 암흑으로 물들면서 남쪽 게이트에 서치라이트가 비추었다.

게이트를 통해 들어오는 사나이.

오른손에 태극기를 들고 입장하고 있는 것은 바로 대한민국의 풍운아 강태산이었다.

강태산의 모습이 보이자 관중들이 열광을 터뜨렸다.

하지만 그것은 동쪽 스탠드에 태극기를 들고 모인 한국 응원단에 비하면 아무것도 아니었다.

손에 태극기를 들고 있던 한국 사람들은 강태산이 모습을 드러내자 일제히 고함을 질렀는데 마치 비명처럼 들릴 정도였다.

이윽고 강태산의 모습과 더불어 그의 출정가인 '아리랑'이 거대한 만델레이베이 이벤트센터를 휘저었다.

"아리랑~ 아리랑~ 아라리요~"

태극기를 들고 있던 김현웅과 하정아가 먼저 부르자 사람들의 목청이 열렸다.

그리고 목이 터져라 아리랑을 따라 불렀다.

주변에 있는 외국인들이 신기한 듯 바라보았으나 그들은 개의치 않았다.

그들의 시선은 온통 당당하게 걸어 들어오고 있는 강태산에게로 향해 있었다.

"아, 떨려."

"천하의 최유진이 그런 소리를 다 하고, 재미있네."

"이런 상황에서 그럼 안 떨린단 말이니?"

"너무 오버하는 것 같아서 하는 말이야. 네가 언제 이런 적 있어?"

김숙영이 눈을 오므리고 최유진을 바라봤다.

최유진은 강태산이 락커룸을 나가는 순간부터 안절부절못하며 내내 몸을 떨어대고 있었다.

물론 자신도 긴장되기는 마찬가지였다.

엔조이였고 목적이 있었기 때문에 섹스를 했지만 살을 두 번이나 부딪친 남자이다.

더군다나 그가 이번 경기에서 이겨줘야만 방송국에서 그녀의 입지가 커진다.

챔피언 타이틀전은 JYN에서 중계하기로 되어 있으니 그녀를 위해서도 이번 경기는 반드시 강태산이 이겨야 했다.

그럼에도 최유진처럼 이런 반응을 보인다는 건 이해되지 않았다.

그랬기에 유심히 살펴봤다.

그녀의 눈을.

도대체 왜, 무엇 때문에 그녀가 이토록 애달픈 모습으로 강태산을 바라보고 있는 건지.

여자의 직감은 무서울 정도로 예민해서 상대가 이상한 반응을 보이면 즉시 잡아낼 수 있다.

특히 그 대상이 최유진이라면 더더군다나 그랬다.

"유진아, 너 혹시 강태산 선수랑 계속 붙어 다니더니 정이라도 든 거니?"

"무슨 정?"

"혹시 좋아하는 거냐고?"

"별 소릴 다 하네."

"하긴, 남자 알기를 돌같이 하는 최유진이 그럴 리가 없지."

최유진의 대답을 들으며 김숙영은 입술 끝을 올린 채 웃었다.

말은 그렇게 했어도 최유진의 당황스러워하는 태도에서 금방 알 수 있었다.

그녀의 감정에 변화가 있다는 것을.

사람 중에는 주는 것 없이 미워지는 사람이 있다.

김숙영에게는 바로 최유진이 그런 여자였다.

학벌이나 방송국에서의 현재 위치를 따진다면 최유진은 그녀의 상대가 아니었다.

그럼에도 왠지 모르게 최유진을 만나면 주눅이 드는 자신을 볼 수 있었다.

야구여신으로 불리며 한때 모든 사내의 우상이던 여자.

타고난 외모에 완벽한 몸매를 지녔고 말솜씨도 방송에 최적화되어 다른 방송국에서 스카우트하려고 혈안이 될 정도였으니 언제나 최유진은 그녀를 앞서기에 충분한 조건을 가진 여자였다.

그런데 그런 그녀가 누군가를 좋아하기 시작했다.

그것도 자신과 살을 섞은 남자를.

그녀의 입에서 불쑥 예상치 못한 이야기가 튀어나온 것은 아마 그녀의 감정에 대한 질투심 때문이었을 것이다.

"나, 네가 가르쳐 준 대로 했어."

"뭘?"

갑작스러운 김숙영의 말에 최유진이 물었다.

하지만 그녀의 눈은 여전히 강태산을 따라 움직이고 있었다.

"네가 그랬잖아. 저 남자, 인터뷰하고 싶으면 몸을 주라고. 그래서 줬어. 저 남자한테."

강태산을 따라 움직이던 최유진의 시선이 거짓말처럼 그녀에게 돌아왔다.

최유진의 눈은 당황함으로 물들어 있었다.

"…정말 잤다고? 태산 씨랑?"

"그래."

"거짓말하지 마!"

"거짓말은 무슨, 벌써 두 번이나 잤다. 이틀 전에 저 사람이

묵고 있는 호텔에서도 했어."

"…미친년. 넌 정말 미친년이야!"

"욕하지 마. 저질스럽게. 넌 아무런 상관도 없다면서 왜 욕을 하니?"

"사귀는 사람은 어쩌고 오입질을 한단 말이니? 니가 그러고도 사람이야?"

"니 말대로 나 섹스 좋아해. 더군다나 저렇게 멋진 남자라면 언제든 오케이야. 사귀는 사람은 걱정하지 마. 벌써 한 달전에 헤어졌으니까."

"정말… 넌 대책 없는 년이구나."

"이번 경기에서 이기면 강태산은 톱스타가 될 거야. 그러니까 관계를 잘해놔야지. 앞으로 너는 태산 씨 얼굴 보기 힘들거다. 이젠 내가 태산 씨 옆을 지키면서 관리해 줄 생각이거든."

"그게 네 맘대로 될 것 같아?!"

"호호, 살을 섞은 사인데 안 될 것 같니? 두고 봐. 꼭 그렇게 될 테니까."

양인석은 네 번째 경기가 끝나고 잠시 쉬는 시간이 되자 물부터 찾았다.

이전 경험이 있기 때문에 그는 중계석 뒷자리에 물병을 다섯 개나 가져다 놓은 상태였다.

그것은 해설을 하는 서정설도 마찬가지였다.

"서 위원, 드디어 시작이다."

"내가 격투기 중계하면서 이렇게 흥분되고 떨리는 건 처음이야. 강태산이 이번에도 잘해줘야 될 텐데……."

"다른 때와는 다르겠지?"

"당연히 그럴 거야. 강태산은 이번에도 인파이팅을 하겠다고 공언했지만 절대 그렇게 할 수 없어. 서브미션의 고수들에게 인파이팅은 지옥으로 가는 지름길이거든. 김영철 관장도 그걸 모를 사람이 아니니까 다른 전략을 준비했을 거다."

"그 사람이 그 정도 능력을 가졌을까?"

"벌써 이번이 네 번째 시합이야. 이전 시합에서 김영철 관장이 내놓은 전략들을 봤잖아. 강태산의 실력을 끝까지 끌어올리는 걸 보면서 김 관장의 능력이 보통 아니라는 걸 알겠더라."

"그래도 조금 아쉽긴 하네. 저놈의 불같은 인파이팅을 못본다면 조금 서운해질 것 같아."

"어쨌든 이번 경기는 휴 잭맨에 의해 결정된다. 놈이 어떻게 나오느냐에 따라 달라질 거야. 하여간 어떤 경우라도 고전이 예상되는 건 사실이야."

"씨발, 전 국민이 이 경기를 지켜보고 있어. 서 위원도 봤잖

아. 라스베이거스에 가서 태극기를 흔들고 있는 사람들 말이야. 이 경기를 강태산이 지면 격투기계는 또 싸늘하게 분위기가 식게 될 거다. 잘못하면 우리 밥줄이 끊어질 수도 있다고."

"열 받지 마세요. 그런다고 밥줄 끊어지겠냐."

몰라서 하는 소리가 아니다.

대한민국의 격투기는 다른 종목에 비해서 인기가 떨어지기 때문에 언제나 찬밥 대우를 받았다.

다른 아나운서들은 예능 프로그램에 나가서 부수입도 올렸지만 양인석은 지금까지 한 번도 그런 적이 없었다.

모든 것이 인기 없는 격투기를 중계하면서 벌어지는 현상이란 게 그의 주장이었다.

강태산이 진다고 그의 밥줄이 잘릴 리는 없을 것이다.

대한민국에서나 인기가 없지 현재 UFC는 세계에서 가장 인기 있는 종목으로 발돋움한 게 벌써 오래전의 일이니 UFC가 지속되는 한 밥줄 걱정은 하지 않아도 된다.

두 사람이 물을 마시며 이야기를 주고받는 동안 광고가 끝나고 현장의 그림이 다시 들어오기 시작했다.

그러자 언제 그랬냐는 듯 양인석의 목소리가 백팔십도로 바뀌었다.

"전국의 계신 시청자 여러분, 드디어 강태산 선수가 입장하고 있습니다. 야차 강태산. 불같은 공격력을 지닌 그는 14전

14KO를 기록하며 현재 UFC에서 가장 인기 있는 선수 중의 한 명으로 자리 잡고 있습니다. 아, 말씀드리는 순간 강태산 선수의 출정가인 아리랑이 울려 퍼집니다."

"정말 언제 들어도 멋진 음악입니다. 빠르지는 않지만 웅장하게 울려 퍼지는 아리랑은 심장을 저절로 빠르게 뛰도록 만드는 마력이 있는 것 같습니다."

서정설의 말이 끝나는 것과 동시에 강태산이 입장하는 것을 비춰주던 화면이 바뀌면서 태극기를 온몸에 두른 대한민국 응원단이 나타났다.

그들은 전부 일어나 목청이 터지도록 아리랑을 부르고 있었다.

"합창 소리가 들려옵니다. 대한민국의 응원단 쪽에서 아리랑을 따라 부르고 있습니다. 보는 것만으로도 가슴이 뜨거워지는 장면입니다."

"그렇군요. 제가 현장에 있는 것처럼 느껴질 정돕니다. 저기 계신 분들이 부럽다는 생각이 드는군요."

"말씀드리는 순간 강태산 선수, 옥타곤에 올랐습니다. 여전히 태극기를 오른손에 들고 있는 강태산 선수, 위풍당당한 모습입니다."

강태산은 옥타곤에 올라가 천천히 몸을 풀며 주변을 돌아봤다.

옥타곤에는 이미 많은 사람들이 들어와 있었는데 링 아나운서가 보였고 레프리가 코너에서 진행진과 이야기를 주고받고 있었다.

그러나 가장 눈에 띄는 것은 UFC의 꽃이라는 세 명의 라운드걸이 옥타곤의 중앙에 벽처럼 서 있다는 것이다.

아름다운 세 명의 미녀.

그녀들은 UFC가 뜨거운 인기를 끌면서 텔레비전의 토크쇼를 비롯해서 여러 프로그램에 출연했고, 심지어 모델로까지 활동하는 등 여러 영역에서 활발한 활동을 하는 것으로 유명했다.

강태산은 목을 좌우로 꺾은 후 자신의 코너에 서서 그녀들을 바라보다가 천천히 태극기를 두른 채 자신을 연호하는 사람들을 바라보았다.

자신도 모르게 미소가 지어졌다.

어젯밤 만난 사람들보다 훨씬 많은 응원단이 자리를 함께하고 있었기 때문이다.

스타가 되고자 격투기를 시작한 것은 아니었으나 자신을 열렬하게 응원하는 사람들을 확인하자 가슴이 뜨거워졌다.

아무런 상관도 없는 사람들이다.

그럼에도 오직 대한민국이란 이름 하나로 자신을 열광적으로 응원한다는 게 아무렇지도 않고 오히려 당연하게 느껴진다.

아무런 두려움도 느껴지지 않았다.

상대가 세계 랭킹 1위이며 주짓수의 마술사라 불릴 정도로 대단한 강자이지만 그의 심장은 두려움을 전혀 갖지 않은 채 투지로 불타올랐다.

눈을 들어 바라보자 공식 계체량 행사에서 보았던 휴 잭맨이 옥타곤으로 들어오는 것이 보였다.

놈은 그날 서슴없이 도발을 해왔으나 강태산은 웃음만 지은 채 상대해 주지 않았다.

참 재밌는 일이다.

UFC에서 활동하는 놈들은 대부분 입으로 싸우는 것을 즐거하는 모양이었다.

휴 잭맨은 옥타곤에 올라오자 경기를 시작하지도 않았는데 마치 승리한 것처럼 두 손을 번쩍 들고 사람들을 향해 포효를 내질렀다.

놈은 마치 한 마리 하이에나처럼 눈에서 파란 안광이 흘려내며 강태산을 노려보았는데 기선 제압을 하겠다는 수작이 분명했다.

선수들이 모두 입장하자 관중들의 환호성이 점점 커지기

시작했다.

휴 잭맨을 위한 함성이 아니다.

그들이 내지르는 함성은 '오늘의 파이트'를 세 번이나 연속으로 펼쳐낸 강태산의 불같은 인파이팅을 기대하기 때문이었다.

링 아나운서가 옥타곤의 중앙으로 나온 것은 세 명의 옥타곤 걸 중 중앙에 서 있던 나르샤가 강태산을 향해 미소를 지으며 윙크를 던질 때였다.

링 아나운서는 옥타곤의 중앙에 서서 곧장 선수 소개를 시작했는데 먼저 이름이 불린 것은 강태산이었다.

강태산은 링 아나운서의 소개에 따라 주먹을 들고 관중들에게 인사를 했다.

따분한 일이었으나 정해진 절차이니 굳이 거부할 일도 아니었다.

재미있는 건 강태산이 옥타곤의 중앙까지 나가서 팔을 번쩍 치켜들자 계속해서 미소를 지은 채 바라보던 나르샤가 작게 입을 열어 뭔가를 이야기했다는 것이다.

소리는 들리지 않았지만 알 수 있었다.

파이팅!

자신을 응원하는 말이 분명했다.

그녀를 향해 마주 웃어주자 나르샤의 얼굴이 환하게 밝아지는 게 보였다.

하지만 강태산은 곧장 몸을 돌려 자신의 코너로 돌아온 후 더 이상 그녀를 쳐다보지 않았다.

"형, 물 마실까?"

"괜찮아."

자신보다 김만덕이 더 긴장한 모습이다.

하긴 그건 김 관장도 마찬가지였다.

"태산아, 우리가 연습한 거 잊지 마. 놈은 분명 필사적으로 테이크다운을 시도할 거야. 저놈은 언제 어디서든 테이크다운이 가능한 놈이니까 절대 방심하면 안 돼. 알았지?"

"걱정 마세요. 잘할 테니까요."

"무조건 들어가지 말고 찬스를 노려. 한 대 맞췄다고 밀고 들어가다가는 역습에 걸릴 수 있단 말이야."

"형, 어디 부러지면 난 절대 안 쳐다본다. 그러니까 정 못 견디겠으면 두드려. 괜한 고집 피우지 말고."

"이놈은 말을 해도······."

"말이 그렇다는 얘기야. 이번 경기로 세상 다 끝나는 게 아니잖아. 형, 성질이 하도 개차반이라 걱정돼서 그래."

"만덕이 말 그냥 흘려듣지 마라. 저놈은 다른 놈이랑 달라서 그냥 한 대 맞는 게 아니잖냐. 그렇게 돼서는 안 되지만 만약에 그런 상황이 되면 그냥 탭을 쳐. 한번 진다고 죽지 않아."

"절대 그럴 일 없을 겁니다."

"이놈아, 말 좀 들어!"

"물이나 주세요. 레프리가 부릅니다."

강태산이 김 관장의 고함을 들으며 손을 내밀었다.

김만덕이 급히 물병을 내밀자 한 모금 물을 마신 강태산이 김 관장을 향해 부드럽게 웃었다.

"제가 이깁니다. 그러니까 최 기자보고 밥이나 사라고 하세요. 경기 끝나고 우리 삼겹살 먹읍시다."

김윤석과 김환석은 이제 겨우 1시에 불과했는데 벌써 취기에 벌겋게 달아올라 있었다.

손님에게 받은 양주는 경기가 시작하자마자 뚜껑을 따서 홀짝홀짝 마셨는데 양주병은 이미 바닥을 드러내고 있는 상태였다.

그들의 앞에는 땅콩과 오징어가 어지럽게 놓여 있고 맥주도 몇 병 뒹구는 중이다.

"형, 우리도 돈 모아서 나중에 저놈 챔피언 타이틀전 하면 가볼까?"

"이놈아, 네 형수가 잘도 갔다 오라고 하겠다."

"형수도 같이 가면 되잖아."

"너 요새 장사 잘되는 모양이다? 라스베이거스에 가려면 얼마나 있어야 되는지 알아?"

"부부가 같이 가면 천만 원 정도 들겠지, 뭐."

"어이구, 말은 참 쉽게 잘한다. 인마, 천만 원이 누구 집 애 이름이냐?"

"쩝, 많긴 하다. 그래도 쟤들이 너무 부럽잖아."

김환석이 태극기를 두른 채 목이 터지도록 아리랑을 부르는 사람들을 바라보며 입맛을 다셨다.

그의 눈에 담긴 것은 부러움이었다.

옛날 월드컵 4강에 대한민국 축구가 올라서던 날.

기쁨으로 눈물을 펑펑 쏟으면서 서로 부둥켜안고 만세를 부르는 관중들이 화면에 나오자 김환석은 그곳에 있지 못한 것을 두고두고 후회했다.

지금이 그런 마음이다.

세상에서 가장 좋아하는 것을 돈 때문에 포기해야 한다는 현실이 참으로 지랄 맞았지만 세상일은 하고 싶다고 전부 할 수 있는 게 아니었다.

고등학교에 다니는 두 아들놈의 학비를 대는 데도 허리가 부러질 지경인데 격투기 시합을 보겠다고 미국까지 날아간다는 것은 정말 말도 안 되는 일이었다.

형이 입맛을 다시며 더 이상 말을 잇지 않은 것은 그 역시 마찬가지 상황이었기 때문일 것이다.

형은 말없이 화면만 뚫어지게 보고 있었는데 자신과 똑같은 부러움이 눈에 가득 담겨 있다.

김윤석이 자신의 처지를 금방 털어버리고 다시 입을 연 것은 남아 있는 양주를 말끔히 해치운 후였다.

"환석아, 오늘따라 강태산 얼굴이 반짝반짝 빛나지 않냐?"

"저놈 원래 잘생겼잖아."

"어라, 저년이 꼬리치네?"

옥타곤 걸이 강태산을 보면서 웃는 장면이 나오자 갑자기 김윤석이 소리를 질렀다.

어디 영화에나 나올 법한 미인이 유혹하는 듯 웃는 모습은 자신의 가슴이 벌렁거릴 정도로 아름다웠다.

하지만 그가 소리를 지른 건 또 다른 이유가 있었기 때문이다.

"저 미친년, 어디서 중요한 경기를 앞둔 선수한테 꼬리를 쳐? 죽을라고!"

"형, 쟤들은 원래 저렇게 웃어. 다른 경기 때도 그랬는데 갑자기 웬 시비야?"

"아냐, 아냐. 저년, 분명히 강태산을 보고 웃었다니까. 아무리 봐도 의미가 담긴 웃음이었다."

"그런다고 강태산이 이길 시합을 지겠냐. 저 봐라. 강태산 저놈, 뒤도 안 보고 돌아서잖아."

"우와, 대단한 놈일세. 정말 맛있게 생긴 애가 웃어주는데도 냉정하게 돌아서는구만."

김윤석의 반응에 김환석이 낄낄거리며 웃었다.

금방 전에 있던 찜찜함은 어디로 갔는지 그는 형의 말에 유쾌한 웃음을 숨기지 못했다.

원래 나이를 먹으면 양기가 입으로 올라오는 법이다.

"형, 우리가 지금 술이 취하긴 취한 모양이다. 이렇게 중요한 순간에 농담이나 하고 있는 걸 보니까 말이야."

"일부러 한 거야. 긴장 풀려고."

"말은 잘해요."

"야, 조용히 해. 시작한다!"

강태산은 레프리가 중앙으로 양 선수를 모이도록 하자 물병을 김만덕에게 넘겨준 후 천천히 앞으로 걸어나갔다.

"형, 씨발, 박살 내자. 파이팅!"

뒤에서는 김만덕이 언제나 그렇듯 쩌렁쩌렁한 목소리로 고함을 질렀고, 관중들은 일제히 함성을 지르며 자리에서 일어났다.

역사적인 대결.

옥타곤에 불현듯 나타나 무풍지경으로 강자들을 휩쓸어버리는 강태산의 일전.

관중들이 이렇듯 뜨거운 열광을 터뜨리는 것은 상대가 휴 잭맨이기 때문일 것이다.

19승 2패 15KO승.

주짓수의 마술사라는 타이틀이 그에게 붙은 건 15번의 KO 중 13번을 서브미션으로 승리했기 때문이다.

주의 사항을 전해준 레프리가 양 선수를 향해 깨끗한 시합을 해달라고 주문할 때 강태산이 주먹을 내밀어 인사를 청했다.

하지만 휴 잭맨은 비릿한 웃음만 흘린 채 손을 내밀지 않았다.

놈은 기자회견과 방송사와의 인터뷰를 통해서 수시로 강태산을 깎아내리며 자신의 상대가 되지 않는다고 주장해 왔다.

강태산이 지금까지 승리를 할 수 있던 것은 강자들과 대결하지 않았기 때문이라며 언제든지 팔다리를 부러뜨릴 수 있다고 폭언을 서슴없이 지껄였다.

저만의 자신감일 것이다.

언론은 휴 잭맨과의 인터뷰를 전해주며 강태산이 도발하도록 유도했으나 지금까지 한 번도 그에 대해 입을 연 적이 없었다.

신경전에 말려들 만큼 강태산의 멘탈은 약하지 않았다.

경기 시작 부저가 울리자 심판이 옥타곤의 중앙에서 시합을 알리는 선을 그었다.

강태산은 휴 잭맨을 지그시 노려보며 앞으로 나갔다.

휴 잭맨은 작정이라도 한 것처럼 공이 울리자 강태산을 향해 돌진해 들어왔다.

돌진해 들어온다고 피할 강태산이 아니었다.

쉬익!

빠르게 들어오는 휴 잭맨을 향해 강태산의 레프트 잽이 번개처럼 뻗어 나갔다.

빠르고 강력한 레프트 잽은 스트레이트와 다름없는 것이다.

그리고 그것은 한 번으로 그치지 않고 연속으로 휴 잭맨의 얼굴을 사정없이 훑고 돌아왔다.

급하게 돌진하던 휴 잭맨이 얼굴을 일그러뜨리며 주춤 뒤로 물러섰다.

송곳처럼 꽂히는 레프트 잽을 그냥 맞으며 전진하는 것은 부담스러운 일이다.

하지만 그것보다 더욱 그를 위축시킨 건 레프트 잽에 이어 날아온 라이트 어퍼컷이었다.

위잉!

세 번의 레프트 잽에 이은 강력한 어퍼컷이 자신의 얼굴을 목표로 아래에서 위로 돌고래처럼 솟구쳐 올라왔다.

바람을 가르는 소리가 귓가를 스치고 지나갔다.

마치 오함마로 바위를 깨뜨리기 위해 전력으로 내려칠 때 나는 소리와 비슷했다.

간신히 더킹으로 펀치를 피했으나 맞았다면 충격을 받았을 만큼 위력적인 공격이었다.

테이크다운을 위해서는 머리를 숙여서 허리를 잡거나 다리를 공격해야 되는데 강태산이 자신의 페인트에 즉각 라이트 어퍼컷을 날려 오자 저절로 얼굴이 일그러졌다.

그러나 휴 잭맨은 잠시 주춤하며 뒤로 물러섰다가 다가오는 강태산을 향해 다시 주먹을 날리며 앞으로 전진해 들어왔다.

어퍼컷이 무서워 테이크다운을 포기한다는 것은 경기를 포기하겠다는 것과 마찬가지이기 때문이다.

휴 잭맨의 좌우 훅이 공간을 압축시키며 빠르게 다가오자 강태산은 위빙과 더킹으로 피하며 몸통으로 휴 잭맨의 몸을 밀어냈다.

그런 후 곧바로 레프트 보디에 이어 좌우 스트레이트를 날렸다.

하지만 휴 잭맨의 방어 기술은 역시 탁월했다.

보디는 오른쪽 팔꿈치를 내려 커버링을 했고, 스트레이트는 뒤쪽으로 물러나며 흘려버린 것이다.

후퇴하는 휴 잭맨을 향해 강태산의 눈이 번쩍하며 빛났다.

예상한 대로 휴 잭맨은 거리를 둔 타격전을 원하지 않는 것 같았다.

인파이팅.

자신의 트레이드마크인 인파이팅을 포기하지 않겠다는 말을 증명이라도 하려는 듯 강태산은 물러서는 휴 잭맨을 따라 들어가며 다시 레프트 잽을 날렸다.

정확하고 빠른 레프트 잽이 휴 잭맨의 얼굴을 타격하고 돌아오자 강태산은 연이어 다시 라이트 보디를 때렸다.

이번에도 휴 잭맨은 왼쪽 팔꿈치를 내려 방어했으나 기다렸다는 듯 레프트보디와 어퍼컷이 속사포처럼 터졌다.

의외의 공격에 휴 잭맨의 시선이 흔들리는 것이 느껴졌다.

정확하게 타격하지 못했지만 흘려 맞았음에도 휴 잭맨은 급히 뒤쪽으로 물러나며 후속 공격을 대비했다.

당황했다는 증거이다.

펀치의 종류는 다양했지만 테이크다운을 확실하게 방어하는 수단인 어퍼컷을 강태산이 구사하며 들어오자 대처가 마땅치 않았으니 전열을 재정비할 필요가 있었다.

한 발 한 발.

강태산의 눈은 휴 잭맨에게 고정된 채 잠시도 떨어지지 않았다.

생각할 시간조차 주지 않겠다는 듯 그는 예전과 똑같은 패턴으로 휴 잭맨을 압박하며 전진을 거듭했다.

그러나 휴 잭맨은 백전노장답게 계속해서 쏟아지는 펀치를 피하다가 강태산의 어퍼가 흘러나가는 순간을 이용해 번개처럼 다리를 향해 몸을 날렸다.

그때 강태산의 무릎이 다리를 향해 날아오는 휴 잭맨의 얼굴에 작렬했다.

강태산이 준비한 두 번째 방어 패턴.

다리를 붙잡기 위해 태클을 해오던 휴 잭맨은 무릎 공격에 얼굴을 얻어맞고 옥타곤의 바닥을 한 바퀴 뒹군 후 강태산이 다가오지 않자 천천히 일어섰다.

이번에도 흘려 맞았다.

정확하게 맞았다면 일어서지 못했을 텐데 휴 잭맨은 그 짧은 순간에 머리를 비켜내며 니킥을 방어한 것이다.

강태산의 얼굴에서 쓴웃음이 흘러나왔다.

역시 세계 랭킹 1위답다.

무적의 챔피언 맥도웰과 막상막하의 접전을 펼쳤다고 하더니 자신이 준비한 두 번째 공격마저 어렵지 않게 피해냈다.

하지만 휴 잭맨은 모를 것이다.

지옥은 지금부터 진짜 시작이라는 것을.

자신의 주먹은 백 대라도 그냥 맞아줄 수 있다며 큰소리를 친 휴 잭맨의 얼굴은 잔뜩 상기되어 있었다.

펀치력이 약하다고?

재미있는 이야기다.

자신은 벌써 여러 번 그런 소리를 들었고 그런 이유로 옥타곤에 올라올 때마다 언제나 불리하다는 평을 들었다.

그건 자신이 옥타곤에 올라와 강자들과 대결하는 이유를 몰라서 하는 소리들이다.

단 한 방에 경기를 끝낼 생각이었다면 자신과 시합을 가졌던 대부분은 1라운드를 넘기지 못했을 것이다.

치열한 난타전이 주는 쾌감.

그 쾌감을 얻기 위해 옥타곤에 입성한 강태산은 언제나 난타전을 즐겼다.

백 대라도 맞아줄 수 있다고 했으니 그 이상 두들겨 준다.

얼마나 어떻게 버티는지 두 눈으로 똑똑히 확인할 생각이었다.

휴 잭맨이 접근하려는 순간 강태산의 레프트 잽이 정확하게 다시 움직였다.

피한다는 생각조차 하지 못할 정도로 전광석화 같은 잽은 휴 잭맨의 얼굴을 그냥 두지 않았다.

사람은 얼굴에 타격을 받으면 균형이 무너지게 된다.

그것이 강력한 펀치가 아니라도 말이다.

또다시 이어진 레프트 잽에 휴 잭맨이 더 이상 견디지 못하고 사이트 스텝을 밟으며 유효 사거리에서 벗어나는 게 보였다.

옥타곤은 아무리 넓어도 철망으로 갇힌 맹수들의 우리였으니 결국 피할 곳이 없다.

강태산은 절대 서두르지 않았다.

휴 잭맨이 자신의 레프트 잽 사거리에서 벗어나자 한 발 한 발 전진해서 다시 사거리 범위 내에 가뒀다.

휴 잭맨은 안간힘을 쓰면서 거리를 확보하려 했으나 후퇴로를 차단하고 접근하는 강태산의 스텝을 결국 벗어나지 못했다.

'쉬익… 퍽!'

여지없이 터지는 레프트 잽.

가드로 안면을 가리고 있었으나 강태산의 잽은 가드를 무너뜨릴 정도로 강하고 날카로웠다.

레프트 잽이 사정없이 자신의 얼굴을 할퀴었지만 휴 잭맨은 함부로 접근하지 못했다.

레프트 잽에 이은 좌우 보디와 어퍼컷이 계속해서 날아왔기 때문이었다.

미치고 펄쩍 뛸 노릇이었다.

자신의 테이크다운을 견제하는 어퍼컷과 니킥의 존재는 너무 부담스러워 함부로 움직이기가 어려웠다.

승부를 걸기에는 시간이 너무 일렀다.

그렇다고 이대로 당하기에는 너무 억울했기에 휴 잭맨은 이를 악물고 주먹에 힘을 주었다.

그랬기에 그는 세 번의 태클을 더 시도한 후 곧바로 타격전으로 전략을 변화시켰다.

힘을 뺀다.

놈의 체력이 생생한 이상 무리하게 테이크다운을 시도할 경우 반격으로 인해 치명상을 당할 위험이 너무나 컸다.

놈은 다섯 번의 태클을 할 동안 어퍼컷과 니킥으로 반격을 해왔기 때문에 자칫하면 치명적인 타격을 입을 뻔했다.

휴 잭맨이 테이크다운이란 발톱을 숨기고 좀비복싱으로 전략을 변화시킨 것은 그런 이유가 있었기 때문이었다.

좀비복싱으로 강태산의 체력을 소진시킨 후 승부를 볼 심산이었다.

레프트 잽이 날카로웠고 타격 기술이 송곳처럼 예리했으나 강태산의 펀치는 자신의 맷집으로 충분히 버틸 만했으니 예전 시합 때처럼 놈의 체력을 빼놓은 후 쓰러뜨릴 생각이었다.

강태산은 자신의 레프트 잽을 맞으면서 접근해 오는 휴 잭맨을 바라보며 슬그머니 입술 끝을 끌어 올렸다.

가드를 올린 채 상대의 주먹에 맞서 끝없이 전진하는 것을 사람들은 좀비복싱이라고 부른다.

휴 잭맨은 타고난 맷집을 바탕으로 한 좀비복싱에 일가견이 있는 놈이었다.

그는 테이크다운에 대한 방어 기술이 탁월한 선수들에게 좀비복싱을 펼치고는 했는데 자신의 장기인 서브미션 기술을 사용하기 위해 체력을 갉아먹기 위한 전략이었다.

전진해 오는 휴 잭맨에 맞서 강태산은 한 발자국도 물러서지 않았다.

불꽃처럼 뜨겁게 타오르는 전사의 본능은 어떠한 상태에서도 상대의 전진을 절대 허락하지 않는다.

휴 잭맨이 작정한 듯 가드를 올리고 좌우 훅을 날리며 접근해 오자 강태산의 주먹이 움직이기 시작했다.

그동안 철저하게 레프트 잽을 위주로 시합을 진행했던 것은 테이크다운을 원천적으로 차단하기 위함이었다.

그러나 휴 잭맨이 좀비복싱으로 전략을 변화시키며 주먹을 날려오자 강태산은 자신의 장기인 난타전을 여지없이 펼쳐내기 시작했다.

일단 난타전을 펼치기 시작하면 테이크다운에 대한 위험은 확실하게 줄어들게 된다.

펀치를 내뻗는 상태에서는 몸의 균형이 그에 맞게 형성되기 때문에 갑작스러운 전환이 어렵다.

관중들의 함성이 터지기 시작한 것은 휴 잭맨이 좀비복싱으로 전략을 바꾸면서 난타전이 시작된 후부터였다.

"와아, 와아."

거듭되는 테이크다운에 맞서 강태산이 레프트잽과 어퍼컷, 니킥으로 접근을 차단했을 때는 긴장된 시선으로 침을 삼키던 관중들은 두 선수가 옥타곤의 중앙에서 부딪친 채 머리를 맞대고 펀치를 날려대자 자신도 모르게 자리에서 벌떡 일어나 함성을 질러대기 시작했다.

하지만, 그 열광은 시작에 불과했다.

강태산은 휴 잭맨이 자신의 펀치를 맞으면서도 끝없이 머리를 맞댄 채 주먹을 휘두르자 기어코 숨겨두었던 칼을 꺼내 들었다.

좌우 보디 공격.

가드를 잔뜩 올린 채 펀치를 날리는 적을 향해 강태산은 강력한 좌우 옆구리 공격을 감행했다.

휴 잭맨이 좀비복싱을 구사할 때를 대비해서 훈련해 놓은 세 번째 패턴이었다.

머리를 맞댄 채 쉴 새 없이 옆구리를 두들겼다.

그 와중에 휴 잭맨이 휘두르는 펀치에 턱이 몇 번 돌아갔으나 강태산은 조금도 물러서지 않고 옆구리에 강력한 펀치를 꽂아 넣었다.

거의 순식간에 삼십여 발의 펀치가 교환되었다.

휴 잭맨의 주먹은 상하를 구분하지 않고 무차별적으로 난사되었으나 강태산은 끈질기게 옆구리를 공략하며 시간을 보냈다.

관중들의 미칠 듯한 함성이 비명처럼 들리기 시작한 것은 강태산의 보디 공격에 휴 잭맨의 가드가 내려왔을 때였다.

보디 공격은 처음에는 충격이 적지만 거듭될수록 적에게 치명적인 고통을 주어 가드를 무너뜨리는 효능이 있다.

강태산은 휴 잭맨의 가드가 내려오자 본격적인 공격을 시작했다.

간단한 쇼트 펀치로 맛보기를 보인 후 강력한 라이트 스트레이트를 휴 잭맨의 턱에 적중시켰다.

좀비복싱을 펼치며 끝없이 전진해 오던 휴 잭맨의 턱이 돌아가며 주춤 물러서는 것이 보였다.

그때를 기점으로 강태산의 펀치가 폭풍처럼 터져 나왔다.

강력한 좌우 양 훅에 이은 레프트 보디.

그리고 물러서는 휴 잭맨의 오른쪽 다리를 향해 로킥의 콤비네이션.

화살처럼 꽂히는 라이트 스트레이트.

휴 잭맨이 강태산의 공격을 견디지 못하고 철망까지 후퇴하자 태극기를 두른 응원단이 비명을 지르며 펄쩍펄쩍 뛰었다.

강태산은 휴 잭맨을 철망에 가둬놓고 무차별적인 공격을 퍼부었다.

가끔씩 휴 잭맨의 주먹이 허공을 갈랐으나 강태산은 차가우리만치 냉정하게 펀치를 흘려내고 강력한 주먹을 차례대로 적중시켜 나갔다.

"강태산 선수, 승기를 잡았습니다. 라이트 훅, 휴 잭맨 휘청입니다. 또다시 터지는 레프트 보디. 아, 강태산 선수 무섭습니다."

"휴 잭맨 그로기 상탭니다. 잘하면 여기서 경기를 끝낼 수도 있겠습니다."

"시간이 없습니다. 휴 잭맨이 버팁니다. 정말 대단한 맷집이군요. 아, 말씀드리는 순간 1라운드 공이 울렸습니다. 안타깝습니다."

"조금만 더 시간이 있었더라면 충분히 끝낼 수 있었는데 공이 살렸습니다. 지금까지 휴 잭맨의 경기를 중계하면서 저렇게 당하는 건 처음 보는 것 같습니다."

"서 위원님, 강태산 선수가 상당히 잘 싸웠는데 1라운드 어떻게 보셨습니까?"

"강태산 선수는 휴 잭맨의 테이크다운을 효율적으로 방어하기 위해 두 가지 패턴을 들고 나왔습니다. 바로 양쪽 어퍼컷과 니킥인데요. 휴 잭맨은 강태산 선수의 방어막을 뚫지 못했습니다. 다섯 번이나 테이크다운을 시도했지만 한 번도 성공시키지 못했잖습니까?"

"그렇습니다."

"휴 잭맨이 결국 좀비복싱을 펼친 것은 테이크다운이 어렵다는 것을 스스로 인정했기 때문일 것입니다. 하지만, 좀비복싱으로 변화시키면서 휴 잭맨은 엄청난 손해를 봤습니다. 불꽃같은 인파이팅을 펼치는 강태산 선수의 위력이 좀비복싱을 압도한 1라운드였습니다."

"그렇다면 세컨 쪽에서는 다른 전략을 지시할 수도 있겠군요."

"저도 그렇게 생각합니다. 좀비복싱이 통하지 않는 이상 휴 잭맨은 다른 전략을 들고 나올 가능성이 큽니다."

"어떤 전략을 가지고 나올까요?"

"휴 잭맨이 좀비복싱을 펼친 것은 강태산 선수의 테이크다운 방어 능력이 너무 뛰어났기 때문에 체력을 소진시키기 위함이었을 겁니다. 그러나, 강태산 선수의 체력은 아직도 생생해 보입니다. 제가 봤을 때 좀비복싱이 통하지 않은 이상 휴 잭맨은 더티복싱을 들고 나올 가능성이 커 보입니다."

서정설이 더티복싱이란 말을 꺼내자 양인석이 의아한 표정을 지었다.

더티복싱은 그 옛날 전설적인 헤비급 챔피언 로사리오가 처음으로 시도하면서 알려진 기술이었다.

상대를 빠져나가지 못하게 철망에 가둬놓고 끝없이 펀치를 날려서 조금씩 대미지를 입혀 쓰러뜨리는 기술이었다.

물론 그 와중에 반복되는 테이크다운이 시도되기 때문에 상대는 펀치를 전력으로 방어하지 못하게 된다.

"더티복싱을 펼치기 위해서는 강태산 선수를 철망에 가둬야 하지 않겠습니까. 그러기 위해서는 압박 전술을 펼쳐야 될 텐데 그게 쉬울까요?"

"제가 봤을 때 휴 잭맨에게는 그 방법이 최선인 것 같습니다. 휴 잭맨의 체력은 정평이 나 있습니다. 그렇기 때문에 충분히 통할 수 있는 전략이지요. 어차피 지금 상태로 봤을 때 휴 잭맨은 강태산 선수를 잡지 못하면 이 경기를 이길 수 없습니다."

"테이크다운을 완전히 포기한다는 뜻인가요?"

"그런 뜻은 아닙니다. 휴 잭맨의 모든 공격은 테이크다운을 염두에 둔 것입니다. 분명 휴 잭맨은 서브미션 기술로 승부를 결정지으려고 할 겁니다."

"생각만 해도 끔찍하군요. 만약 강태산 선수가 휴 잭맨의 체력에 밀려 철망으로 몰린다면 어떻게 될 것 같습니까?"

"절대 그렇게 되면 안 됩니다. 휴 잭맨은 좀비복싱에 못지않게 더티복싱에도 능한 선숩니다. 더군다나 철망에서의 테이크다운에는 세계 최고의 기술을 가진 선숩니다. 링의 중앙에서는 휴 잭맨의 테이크다운을 효율적으로 막아냈으나 철망에서라면 강태산 선수가 준비한 기술들이 전부 무력화되기 때문에 절대 철망으로 몰리면 안 됩니다."

서정설의 경기 예상에 양인석의 얼굴이 순식간에 어두워졌다.

이야기만 들어도 소름이 끼칠 정도로 두려운 생각이 들었기 때문이었다.

주짓수의 마술사, 휴 잭맨.

휴 잭맨에게 철망으로 몰려 지금까지 살아남은 자는 단 하나도 없었기 때문이었다.

강태산이 1라운드를 마치고 코너로 돌아오자 의자를 받쳐준 김 관장이 잔뜩 흥분된 얼굴로 상태를 물어왔다.

"어떠냐?"

"충분합니다."

"잘 싸웠다. 정말 잘 싸웠어. 체력은?"

"괜찮습니다."

"1라운드에는 우리가 준비한 것들이 모두 적중했다. 놈은 아마 정신도 없었을 거야."

"이제 안 된다는 걸 알았으니까 패턴을 바꾸겠죠."

"태산아, 이대로만 가면 이긴다. 철저하게 놈의 태클만 막으면 돼."

"걱정하지 마세요. 만덕아, 물 좀 더 줘라."

강태산이 손을 내밀자 김만덕이 들고 있던 물병을 건네주었다.

그러고는 뜨거운 콧김을 불어내며 종소리 같은 목소리로 소리를 질렀다.

"마지막에 때려눕힐 수 있었는데 정말 아까워. 하지만 경계심을 늦추면 안 돼. 저 새끼 끝까지 테이크다운을 하려고 할 테니까 잠시도 눈을 떼면 안 된단 말이야."

"내가 말했잖아. 이 경기는 내가 이겨. 그러니까 얼굴 좀 치워!"

강태산이 답답한 듯 김만덕의 얼굴을 밀어내자 이번에는 김 관장이 말을 이었다.

"태산아, 2라운드에서도 결정적 찬스가 아니라면 킥은 절대 쓰지 마라. 놈이 킥이 날아올 때를 노릴지 몰라."

"알고 있어요."

"저놈 눈이 아직도 새파랗게 살아 있어. 대미지를 크게 받은 것 같지 않단 말이야."

"그럴 겁니다."

"무슨 뜻이냐?"

"그런 게 있어요. 하지만 지금부터는 잘근잘근 밟아놓을 테니까 걱정하지 마세요."

강태산이 뜻 모를 웃음을 지으며 김 관장을 바라봤다.

김 관장의 얼굴이 일그러진 것은 그의 웃음 속에 담긴 의미가 무엇인지 정확하게 알지 못했기 때문이었다.

그럼에도 그는 끝내 그것을 추궁하지 못했다.

입을 열려는 순간 2라운드를 알리는 부저가 길게 울렸기 때문에 그는 수건으로 강태산의 얼굴과 몸을 닦아주며 물러날 수밖에 없었다.

2라운드.

강태산은 심판의 수신호에 맞춰 여전히 전진 스텝으로 휴 잭맨을 향해 나아갔다.

분위기가 이상하다.

좀비복싱을 구사하며 앞으로 다가오던 휴 잭맨은 쉽게 접근하지 않은 채 링 사이드를 돌았다.

인파이터에게 가장 어려운 상대는 바로 아웃복싱을 쓰는

선수다.

빠른 발을 갖지 않았을 경우 치고 빠지는 상대를 잡는 것은 매우 힘들기 때문이었다.

라운드 종료 때 받은 충격이 아직 회복되지 않아서 링사이드를 도는 것은 분명 아니었다.

휴 잭맨의 눈은 시퍼렇게 살아서 강태산을 주시하고 있었으니까.

펀치를 날렸으나 거리를 확보한 채 도망가는 휴 잭맨을 잡기는 쉬운 일이 아니었다.

연속되는 강태산의 펀치를 휴 잭맨은 사이드스텝과 뒤로 물러나는 행동으로 피하기만 했다.

관중들의 야유가 터져 나오기 시작한 것은 접근하는 강태산의 주먹을 피해 휴 잭맨이 다시 한 번 노골적으로 도망갔을 때였다.

가슴을 뜨겁게 만드는 치열한 난타전에 관중들은 1라운드 내내 자리에서 앉아 있지 못했었는데 갑작스럽게 시합이 루즈하게 변하자 거침없는 야유가 휴 잭맨을 향해 터져 나왔다.

그러나 휴 잭맨은 관중들의 야유에도 불구하고 여전히 강태산을 중심으로 좌우 스텝을 밟으며 기회를 노리기만 했다.

강태산의 얼굴에 슬쩍 웃음이 새겨졌다.

그에게는 적을 압박하는 데 최적이라는 태을경공의 묘리가 몸에 배어 있었으니 시간이 지나면 충분히 놈을 잡을 수 있었다.

옥타곤은 넓지만 좁은 곳이기도 하다.

휴 잭맨이 아무리 빠른 발을 이용해서 움직여도 강태산의 압박을 언제까지 피할 수는 없다.

그럼에도 강태산은 휴 잭맨을 먹잇감을 노리는 맹수처럼 조용하게 따라다녔다.

관중들의 야유.

어쩌면 관중들의 야유는 열광적인 함성보다 더 극적인 결과를 만들어내는 도구가 될 수도 있다.

지루함은 더 큰 광란을 이끌어낼 수 있는 인간의 감정 중 하나기 때문이다.

휴 잭맨의 움직임이 변하기 시작한 것은 2라운드가 중반을 넘어설 때부터였다.

빠르게 움직이던 다리를 멈추고 휴 잭맨은 급작스럽게 강태산을 향해 달려들었는데 바로 철망과 가까운 지점이었다.

타격을 하기 위해 펀치를 날린 것도 아니었고 테이크다운을 시도한 것도 아니었다.

그는 강태산이 오른손 스트레이트를 회수하는 순간 급격히 따라붙으며 허리를 잡아왔는데 그 손이 마치 갈고리 같았다.

하지만 그것만으로 상황이 급격하게 바뀌었다.

몸통을 이용해서 자세를 바꾼 휴 잭맨은 강태산을 철망까지 몰아붙이고 상체를 밀착시켜 왔다.

그는 왼손으로 강태산의 오른팔 손목을 잡은 채 오른 주먹으로 철망에 갇힌 강태산의 옆구리와 얼굴을 때렸는데 거머리처럼 달라붙어 떨어지지 않았다.

서정설이 말했던 더티복싱을 펼치기 시작했던 것이다.

더티복싱은 말 그대로 더럽고 치사한 공격을 펼치기 때문에 붙여진 이름이었다.

단 한 방에 승부를 결정짓는 것이 아니라 상대가 움직이지 못하도록 몸통과 다리를 제어해 놓고 펀치와 니킥, 그리고 엘보를 이용해서 야금야금 충격을 주는 기술이었다.

특히 휴 잭맨처럼 뛰어난 서브미션 기술을 지닌 자들이 펼치는 더티복싱은 거의 지옥과 같은 것이다.

테이크다운을 허용하지 않아야 한다는 부담감에 달라붙어 터뜨리는 펀치를 알면서도 맞는 경우가 수없이 생기기 때문이었다.

강태산은 수시로 올라오는 휴 잭맨의 니킥을 방어하기 위해 다리를 든 상태에서 상대의 오른팔에서 뻗어 나오는 펀치와 엘보를 왼손으로 커버링하며 버텼다.

오른손은 휴 잭맨의 왼팔에 컨트롤당한 상태였고 상체는 바짝 밀착되어 벗어나기가 어려웠다.

휴 잭맨이 아웃복싱을 벗어던지고 강태산을 철망에 가둔 채 무차별적인 공격을 가하자 관중들의 반응이 다시 뜨거워졌다.

대부분 미국인들로 구성된 관중들은 어느 순간부터 휴 잭맨을 응원하기 시작했는데 그것은 휴 잭맨이 미국인이라는 사실과 1라운드의 열세를 단박에 뒤집어 버린 투혼 때문인 것 같았다.

시간이 흐르는 동안 강태산은 휴 잭맨의 더티복싱에 갇혀 꽤 많은 펀치를 허용했다.

휴 잭맨의 공격이 점점 거세질수록 관중들의 함성은 거침없이 커져갔다.

강태산은 그 함성을 들으면서 차갑게 눈을 가라앉혔다. 시간을 보자 철망에 갇힌 지 벌써 2분이 흐르고 있었다.

남은 시간은 이제 30초.

힐끗 태극기를 두른 응원단을 확인하자 그들의 몸이 안타까움으로 부들부들 떨리고 있는 게 보였다.

잠시 망설여졌으나 강태산은 휴 잭맨의 뜨거운 숨소리를 들으며 철망을 벗어나지 않았다.

"아, 안타깝습니다. 강태산 선수, 철망에서 벗어나지 못하고 있습니다. 또다시 휴 잭맨의 엘보. 다행스럽게 머리를 스쳐 지나갑니다. 서 위원님, 완벽하게 오른팔이 컨트롤당하고 있습니다. 더군다나 상체를 바짝 붙인 채 타격하고 있기 때문에 방어가 무척 어려워 보입니다."

"문제는 호시탐탐 노리는 휴 잭맨의 테이크다운입니다. 강태산 선수는 테이크다운을 경계하느라 제대로 펀치를 방어하지 못하고 있는 것 같습니다."

"말씀드리는 순간, 휴 잭맨의 오른손 펀치가 연속으로 작렬합니다. 얼굴에 이은 복부 공격이 마치 물 흐르듯이 들어가고 있습니다. 안타까운 순간입니다."

"오른손을 빼야 하는데 체력에서 밀리는 것 같습니다. 휴 잭맨의 손목 컨트롤은 정말 집요합니다."

"저걸 빼내는 게 어려운 것인가요?"

"체력이 딸리면 가장 힘든 게 손목을 빼내는 것입니다. 제가 봤을 때 휴 잭맨의 완력이 강태산 선수를 압도하는 것 같습니다."

"이번에는 휴 잭맨의 니킥. 니킥이 복부에 꽂힙니다. 휴 잭맨, 정말 끈질기게 강태산 선수를 압박하고 있습니다. 빨리 벗어나야 할 텐데 걱정입니다. 계속 대미지가 쌓이면 회복하기가 어려울 수도 있습니다."

"정말 안타까운 순간입니다. 제가 예측을 해놓고도 막상 결과가 이렇게 나오니까 미안할 정돕니다. 강태산 선수, 이 상황을 잘 극복했으면 좋겠습니다."

"아, 다행스럽게 공이 울립니다. 2라운드 끝났습니다. 다행입니다. 정말 다행입니다."

잔뜩 표정이 굳어진 양인석이 말을 마치고 물병을 들어 올렸다.

서정설이 즉시 입을 연 것은 그가 목을 축이도록 시간을 벌어주기 위함이었다.

"2라운드는 완벽하게 휴 잭맨이 가져갔습니다. 서로 한 라운드씩 가져갔기 때문에 지금까지는 대등한 경기라고 할 수 있겠지만 앞으로가 걱정이 됩니다."

"서 위원님, 혹시 휴 잭맨이 펼치는 더티복싱을 파훼할 방법이 있겠습니까?"

"있습니다. 더티복싱을 파훼하는 방법은 체력에서 이겨내거나 아웃복싱을 하면서 피하는 방법뿐입니다."

"그렇다면 체력이 밀릴 경우 결국 빠져나오지 못한다는 뜻이군요?"

"결론적으로 말씀드리면 그렇습니다."

"서 위원님이 보시기에 강태산 선수의 체력은 어떤 것 같습니까?"

"체력은 상대적인 것입니다. 코너로 걸어 들어가는 모습을 보니까 아직은 괜찮은 것 같지만 휴 잭맨이 워낙 강하게 밀어

붙이기 때문에 3라운드에서도 강태산 선수가 인파이팅을 포기하지 않는다면 어려운 경기가 될 것입니다. 저는 강태산 선수가 인파이팅을 포기하고 아웃복싱을 해서 판정으로 가는 게 현명한 판단이라고 생각합니다."

"지금까지 강태산 선수는 한 번도 인파이팅을 포기한 적이 없습니다. 아웃파이팅이 생소할 텐데 오히려 독이 될 수 있지 않겠습니까?"

"그것 때문에 제가 함부로 말하지 못한 겁니다. 하지만, 지금으로서는 그 방법밖에 없다는 생각이 드는군요."

"아, 말씀드리는 순간. 마지막 3라운드가 시작되었습니다. 강태산 선수 2라운드의 열세를 극복하고 반드시 이겨주기를 간절히 기원합니다."

2라운드가 끝났을 때 태극기를 두른 응원단은 침통한 표정으로 말을 잇지 못했다.

강태산이 태풍처럼 휘몰아치던 1라운드 때의 환호와 환성은 어느샌가 사라지고 그들의 입에서는 무거운 탄식만 흐르고 있었다.

특히 몇몇 여자들은 심지어 우는 사람들까지 보였다.

그중에는 하정아도 포함되어 있었는데 얼마나 애를 태웠는지 눈이 부어오를 정도였다.

"오빠, 어떡해… 흑흑."

"울지 마, 아직 경기 안 끝났어."

"너무 많이 맞았잖아. 충격이 컸을 거야."

"강태산은 한 번도 진 적이 없는 놈이야. 그렇게 난타전을 펼쳤어도 그로기에 몰린 적이 한 번도 없어. 그러니까 걱정하지 마."

말을 그렇게 했어도 김현웅의 표정 역시 잔뜩 흐려져 있었다.

언제 강태산이 이런 경기를 한 적이 있었던가.

그는 언제나 상대를 압도하며 끊임없이 난타전을 하다가 상대를 쓰러뜨리는 전사 중의 전사였다.

그런 그가 제대로 반격조차 하지 못하고 철망에 갇혀 있는 모습을 보자 가슴이 쓰라려 왔다.

수없이 치사한 공격을 자행하는 휴 잭맨을 욕했다.

놈은 붙들고, 늘어지고 머리로 박으면서 강태산이 철망에서 벗어나지 못하도록 별짓을 다 했다.

정말 화가 나는 것은 만델레이베이를 꽉 채운 관중들이 치사한 공격을 계속하는 휴 잭맨을 응원한다는 것이었다.

'개새끼들.'

욕이 입 밖까지 튀어나오는 것을 간신히 참았다.

어떤 놈은 심지어 죽이라는 소리까지 질러대며 미친 듯이 휴 잭맨을 응원하고 있었다.

이긴다.

자신이 아는 강태산은 어떤 난관도 극복하고 반드시 이겨낼 것이라 믿었다.

마음속에서 솟구치는 불안을 잠재우며 하정아를 달랠 수 있었던 것은 그런 믿음이 있었기 때문이었다.

영웅을 잃고 싶지 않았다.

자신에게 기쁨과 행복을 주는 영웅.

강태산은 그에게 세상에 단 하나 존재하는 영웅이었다.

끝까지 믿고 응원한다. 목이 터질 때까지.

사랑하는 아내와 함께.

강태산은 미친 듯 떠드는 김 관장과 김만덕의 코칭을 뒤로하고 옥타곤을 향해 걸어 나왔다.

휴 잭맨은 자신감으로 가득 찬 얼굴을 한 채 거침없이 맞은편 코너에서 뛰어나오고 있었다.

그를 향해 웃어주었다.

그런 후 곧바로 놈의 얼굴을 향해 레프트 잽에 이은 라이트 스트레이트를 때렸다.

더킹.

허리를 숙여서 펀치를 피하는 기술을 말한다.

휴 잭맨은 강태산의 펀치가 흘러나오자 지체 없이 더킹을 하면서 허리를 잡아왔다.

또다시 더티복싱을 하기 위한 시도였다.

강태산의 어퍼컷이 교묘한 각도로 올라간 것은 짐승의 콧김을 불어내며 휴 잭맨이 허리에 잡았을 때였다.

덜컥.

단 한 방의 어퍼컷에 휴 잭맨의 신형이 휘청였다.

그 순간을 이용해서 강태산의 펀치가 속사포처럼 터지기 시작했다.

2라운드의 열세가 언제 있었냐는 듯 강태산은 양 훅과 스트레이트를 번갈아가며 때렸고 김 관장의 지시로 인해 쓰지 않던 킥마저 섞어서 휴 잭맨을 몰아붙였다.

더티복싱을 구사하려던 휴 잭맨은 폭풍같이 터지는 강태산의 펀치를 피하기 위해 안간힘을 썼으나 순식간에 터진 십여 발의 펀치를 얻어맞고 정신없이 뒤로 물러났다.

강태산은 서두르지 않았다.

철망까지 후퇴한 휴 잭맨은 이제 어망에 갇힌 물고기나 다름없는 존재였다.

골라서 때린다.

가드를 완벽하게 올려놓은 상대를 향해 서두른다면 효율적인 공격을 할 수 없다.

완벽한 타이밍과 펀치의 강약을 조절해야만 충격을 줄 수 있기 때문이다.

강태산은 그렇게 야금야금 휴 잭맨을 요리했다.

충격을 입은 휴 잭맨이 무차별적으로 펀치를 내면서 반격을 가해왔으나 강태산은 무서우리만치 가라앉은 눈으로 그의 공격을 피하면서 전신을 난타했다.

휘청이던 휴 잭맨이 강태산의 허리를 잡은 것은 더킹에 성공해서 왼쪽 스트레이트를 피한 후였다.

3라운드가 시작된 후 정신없이 몰리던 휴 잭맨의 역공.

허리를 잡는 데 성공한 휴 잭맨은 온 힘을 기울여 강태산을 철망으로 돌려 세운 후 상체를 붙여왔다.

강태산의 불같은 인파이팅에 관중들은 모두 일어선 채 만델레이베이가 터져 나갈 것 같은 함성을 질러댔다.

또 다른 역전에 그들은 이제 대상에 상관없이 열광하고 있었다.

휴 잭맨은 철망에 강태산을 가두고 또다시 오른 손목을 컨트롤하면서 2라운드 때처럼 더티복싱을 구사하기 시작했다.

머리와 상체를 이용해서 완벽하게 철망에 가둔 채 그는 니킥과 오른손 주먹으로 강태산을 두들겼다.

하지만, 강태산의 반응은 2라운드 때와 완벽하게 달랐다.

잠시 동안 공격을 받아들이던 강태산은 컨트롤당했던 오른

손을 간단하게 뽑아내더니 즉각 엘보로 휴 잭맨의 머리를 타격했다.

그뿐만이 아니었다.

도대체 뭐였을까?

강력하게 밀고 들어온 휴 잭맨의 상체와 머리를 벗겨내는 그의 동작은 회오리바람처럼 유연했고 탄력적이어서 마치 환영처럼 보일 지경이었다.

휴 잭맨의 머리를 향해 엘보를 터뜨린 강태산은 곧바로 철망에서 빠져나온 후 강력한 주먹을 터뜨리기 시작했다.

한 방 한 방에 휴 잭맨의 머리가 흔들렸다.

기이한 각도로 솟구친 어퍼컷에 의해 휴 잭맨의 머리는 구십 도 가까이 들려졌고 가드를 뚫고 들어가는 스트레이트는 송곳처럼 날카롭게 얼굴을 후벼 팠다.

단 몇 번의 펀치에 휴 잭맨의 얼굴이 단숨에 찢어지며 피를 흘려내기 시작했다.

그러나 그것은 시작에 불과했다.

먹잇감을 철망에 가두어놓은 강태산은 잘근잘근 휴 잭맨의 전신을 두들겼다.

그러나 휴 잭맨은 수많은 펀치를 허용했음에도 반격의 끈을 놓지 않았다.

정말 맷집 하나만큼은 고개가 저절로 끄덕여질 만큼 대단했다.

강태산의 스텝이 한 발자국 더 들어간 것은 휴 잭맨이 미친 듯 주먹을 휘둘러 왔을 때부터였다.

강태산은 그의 주먹을 피하지 않았다.

나는 원한다.

이런 치열함과 비릿한 냄새가 흘러나오는 피의 향연을.

주고받는 난타전.

이제 승부는 결정되었으니 너희들이 원했던 것처럼 원 없이 때리고 원 없이 열광하게 만들어줄 테다.

사람들의 미친 듯한 함성 소리가 마치 천둥처럼 들려왔다.

그래 그런 거다.

얼마나 치고받았을까.

힐끗 시간을 보자 이제 경기 시간은 2분이 남았을 뿐이었다.

이미 관중들은 기절하기 일보 직전까지 가 있었다.

피가 튀는 접전.

잠시도 쉬지 않고 상대를 쓰러뜨리기 위해 쉴 새 없이 펀치를 주고받는 두 사람의 투지에 관중들은 전율을 느끼며 몸을 떨어댔다.

강태산은 서서히 펀치력을 끌어올려 휴 잭맨의 좌우 복부를 겨냥했다.

단박에 구부러지는 허리.

충격을 받은 휴 잭맨의 허리가 숙여지는 순간 강태산의 어퍼컷이 면도날처럼 날카롭게 올라갔다.

빠악.

철망을 빠져나오던 휴 잭맨의 머리가 들려지면서 왼쪽으로 정신없이 후퇴하다가 벌렁 넘어졌다.

머리에 충격을 받으면 균형 감각이 사라지면서 두 발에 힘이 빠지는 현상이 발생한다.

그것은 단 한 발의 펀치에 의해 벌어진 현상이 아니었다.

3라운드 들어와 거침없이 터진 강태산의 주먹에 휴 잭맨의 얼굴은 피로 난자되어 있었고 걸음조차 제대로 떼지 못하는 중이었다.

휴 잭맨은 쓰러진 후 바닥에서 일어나지 않았다.

펀치에 충격을 받은 상태에서도 지금 일어나면 불리하다는 판단을 내린 것 같았다.

심판은 휴 잭맨이 쓰러지자 다가오다가 그가 두 다리를 든 채 방어 자세를 취하는 걸 보고 급히 뒤로 물러났다.

그라운드에서 천하무적이라는 휴 잭맨.

옥타곤의 그라운드는 그에게 몽골 전사들의 초원과 다름없는 곳이었다.

강태산은 그를 따라 들어가지 않았다.

그라운드로 내려오라며 휴 잭맨이 손짓을 했으나 뒤로 한 걸음 물러났을 뿐이었다.

잠시 동안 지켜보던 심판이 중간에 끼어들면서 휴 잭맨을 일으켜 세웠다.

또다시 시작되는 전진.

강태산은 전진 스텝을 밟아 후퇴하는 휴 잭맨을 따라잡은 후 원투 스트레이트를 터뜨렸다.

거의 3라운드를 모두 소화했음에도 그의 펀치는 전광석화를 보는 것 같았다.

막을 수 없다.

그리고 휴 잭맨이 받는 충격은 지금까지보다 훨씬 컸다.

타격의 임팩트를 완벽하게 가져갔기 때문이었다.

비틀거리며 물러나는 휴 잭맨을 강태산은 그냥 두지 않고 철망으로 몰았다.

그런 후 휴 잭맨을 철망에 묶은 후 자신이 당했던 것처럼 더티복싱을 구사하기 시작했다.

좌우 토네이도 엘보가 휴 잭맨의 일그러진 얼굴에 연속으로 들어갔고 니킥이 사정없이 복부를 향해 날아갔다.

휴 잭맨은 방어를 하기 위해 안간힘을 썼으나 철망에서 빠져나오지 못한 채 고스란히 강태산의 공격을 받으며 처참한 모습으로 변해갔다.

전혀 상상하지 못했던 일이 벌어진 것은 경기가 종료되기 1분을 남겨뒀을 때였다.

갑작스러운 테이크다운.

강태산은 니킥으로 다시 한 번 휴 잭맨의 복부를 공격한 후 곧장 그의 왼발을 걸어 바닥으로 쓰러뜨렸다.

파운딩을 위한 테이크다운이 아니었음은 강태산의 행동으로 금방 나타났다.

강태산은 휴 잭맨이 바닥에 쓰러지는 것과 동시에 왼발로 그의 목을 건 후 곧바로 왼팔을 낚아챘던 것이다.

암바.

휴 잭맨이 급히 방어를 하려고 몸통을 구부렸으나 이미 강태산의 손은 갈고리처럼 그의 팔을 완벽하게 제압한 후였다.

이를 악무는 휴 잭맨의 모습이 보였다.

서브미션의 달인답게 그는 암바를 풀어내는 방법을 여러 가지 알고 있었지만 강태산은 하나씩 휴 잭맨의 시도를 차단하면서 점점 숨통을 조여갔다.

천천히 펴지는 휴 잭맨의 팔.

팔의 각도가 백팔십 도가 넘어가면 팔은 부러지거나 탈골될 수밖에 없다.

자존심이었을까.

서브미션의 마술사라 불리며 UFC의 옥타곤을 무풍지경으로 달려왔던 휴 잭맨은 이를 악문 채 끝내 탭을 치지 않고 버텼다.

전사다.

뜨거운 심장을 가진 전사.

비록 상대를 대하는 예의가 부족했고 심리전을 펼치며 폭언을 서슴지 않았으나 그는 팔이 부러질지라도 항복을 하지 않겠다는 전사의 투지를 잃지 않았다.

강태산은 심판을 바라보며 결정을 내리라는 신호를 보냈다.

여기서 경기를 중단하지 않으면 팔을 부러뜨리겠다는 무언의 압박이었다.

전사는 전사답게 대해주는 것이 강태산의 방식이었다.

쓸데없는 아량과 관용은 오히려 전사를 더욱 비참하게 만들 뿐이다.

망설이던 심판이 휴 잭맨의 얼굴을 바라보았다.

휴 잭맨의 얼굴은 고통으로 인해 시뻘겋게 달아올라 있었다.

심판이 다가와 팔을 푼 것은 강태산의 눈이 차갑게 가라앉은 것을 확인했기 때문이었다.

최유진은 김숙영의 말을 듣고 후회와 아픔을 동시에 느꼈다.

강태산에게 처음 느꼈던 것은 무식하고 예의를 모르는 불한당의 모습이었다.

처음 보는 여자에게 대뜸 섹스를 하자고 말하는 그의 태도는 철부지 시절 당했던 그 끔찍함을 연상시키기에 충분한 것이었다.

가소로웠고 불편했으며 상대조차 하기 싫은 인물.

더군다나 인터뷰라는 하찮은 조건을 걸어 접근해 온 그의 치기가 너무나 싫었다.

그러나 살아간다는 것은 참으로 이상하다.

그렇게 싫었던 남자가 왜 자꾸만 가슴을 파고들며 들어오는 것일까.

이해할 수 없는 감정이 조금씩 커져갈 때마다 고민도 점점 커져갔다.

그럼에도 그것을 사랑이라 생각하지는 않았다.

처음에 겪었던 선입감이 하나씩 허물어지면서 그저 자신이 사람을 잘못 봤다는 미안함과 고마움 때문에 호감으로 변했을 뿐이라고 여겼다.

그런데 오늘 김숙영이 그와 두 번이나 섹스를 했다는 소리를 듣자 마음이 안정을 찾지 못하고 혼란에 빠져들었다.

그랬다.

김숙영에게 섹스를 하라고 권유한 것은 자신이 맞았다.

그때는 그녀와 전혀 상관없는 남자라 여겼기 때문에 미운 짓만 골라 하는 김숙영을 골탕 먹이고 싶다는 생각뿐이었다.

정말 할 줄은 몰랐다.

김숙영은 자신에게 자랑질을 하던 애인이 있었으니까.

왜 그랬을까?

도대체 왜 그런 바보 같은 말을 했을까?

자신의 밥그릇에 삼겹살을 올려주며 환하게 웃던 강태산의 모습이 떠올랐다.

그를 응원하기 위해 이역만리까지 찾아온 사람들을 만났을 때 강태산은 지금까지 한 번도 보지 못했던 모습으로 고마움을 표현했다.

시합을 위해 자신을 혹독하게 채찍질하는 모습.

온통 땀으로 범벅된 몸이었으나 그는 자신이 다가가면 언제나 웃으며 인터뷰에 응했다.

강태산이 옥타곤에 입장할 때까지 그녀는 오직 그 생각에 아무것도 눈에 들어오는 것이 없었다.

경기가 시작되고 강태산이 휴 잭맨을 거세게 몰아붙일 때도 그녀의 머릿속에는 오로지 그 생각만 가득 찼다.

바보, 바보.

어떻게 1라운드가 끝났는지 알 수 없었다.

관중들은 미친 듯 소리를 질렀으나 그녀의 가슴은 시간이 지날수록 차갑게 가라앉기만 했다.

그러다가 문득 눈물 한 방울이 또르륵 떨어졌다.

참고 참았던 감정의 찌꺼기가 결국 실체가 되어 흘렀다.

그 눈물에 정신이 돌아왔다.

주변을 힐끗 돌아보니 김숙영이 카메라맨 앞에서 쉴 새 없이 뭔가를 떠드는 것이 보였다.

그녀는 자신이 일하러 온 거지 사랑 놀음을 하기 위해 온 것이 아니라는 생각을 떠올리고는 힘들게 눈물을 닦아냈다.

그때부터 그녀 역시 카메라맨의 앞에 서서 경기장의 분위기와 관중들의 반응, 그리고 1라운드를 끝내고 코너로 돌아와 코치들과 이야기를 나누는 강태산의 모습을 부지런히 찍었다.

우세한 경기.

거의 일방적인 경기를 펼쳤으니 TCN에서 중계하는 이번 경기는 대박을 터뜨릴 게 분명했다.

하지만, 2라운드에 들어서면서 상황이 백팔십도로 바뀌며 강태산은 고전을 면치 못했다.

그에 대한 원망.

1라운드 내내 김숙영과 섹스를 한 강태산에 대하여 그녀는 자신도 모르게 깊은 원망을 하고 있었다.

그런 원망이 고통과 슬픔으로 변한 것은 순식간에 벌어진 일이었다.

강태산이 철망에 갇혀 휴 잭맨에게 맞을 때마다 그녀는 스스로 얻어맞는 것 같은 고통과 절망을 맛봤다.

원망은 사라졌고 빨리 경기가 끝나기를 바라는 마음이 간절하게 생겨났다.

무서운 펀치가 작렬할 때마다 그가 받고 있을 고통이 너무나 아프게 다가왔다.

그만, 제발 그만… 해.

번민과 후회로 흘렀던 한 방울의 눈물은 어느샌가 연민과 가슴을 송곳처럼 파고드는 아픔으로 변해 쉴 새 없이 흘러내렸다.

이럴 수는 없었다.

그렇게 강했던 사람이 어떻게 저토록 무력한 모습으로 변할 수 있을까?

당장에라도 옥타곤으로 뛰어 올라가 그만하라며 소리 지르고 싶었다.

그를 안아주고 싶었다.

상처 입은 채 허덕이는 그를 가슴에 안은 채 어루만지며 괜찮다고, 최선을 다했으니 그만해도 된다며 위로해 주고 싶었다.

하지만, 그녀의 생각과는 다르게 3라운드의 공은 여지없이 울렸다.

그녀는 두 손을 붙잡은 채 제발 다치지만 말아달라고 간절히 기도했다. 휴 잭맨은 세 번이나 상대의 팔을 부러뜨린 무서운 선수였으니 강태산이 다치는 건 순식간에 벌어질 수도 있는 일이었다.

그랬기에 불안한 눈으로 강태산이 옥타곤의 중앙을 향해 걸어가는 걸 지켜보며 간절하게 무사하기를 바랐다.

기적은 어느 순간 거짓말처럼 찾아왔다.

다치지만 말고 무사히 옥타곤에서 내려오기만을 바랄 정도로 무력했던 강태산은 어느새 전신으로 변해 있었다.

놀라움과 기쁨.

얼마나 울었고 얼마나 소리를 질렀는지 모른다.

그리고, 그가 휴 잭맨의 팔을 꺾어 경기를 끝냈을 때 최유진은 탈진한 모습으로 의자에 주저앉고 말았다.

"강태산 선수의 기적 같은 역전승입니다. 전국에 계신 시청자 여러분 강태산 선수가 3라운드에 휴 잭맨을 암바로 제압하는 쾌거를 이루었습니다."

"정말 놀라운 일입니다. 저는 강태산 선수가 열세를 극복하고 휴 잭맨의 장기라는 서브미션 기술로 항복을 받아낼 줄은 꿈에도 생각하지 못했습니다. 강태산 선수, 정말 대단합니다."

"모든 관중들이 전부 일어나 기립 박수를 보내고 있습니다.

강태산 선수의 불꽃같은 투혼이 관중들을 감동시킨 것 같습니다. 특히 대한민국의 응원단은 서로를 끌어안고 기쁨에 겨운 눈물을 흘리고 있습니다."

기립해서 박수를 쳐주고 있는 관중들의 화면이 바뀌며 태극기를 두른 응원단이 서로를 끌어안고 기뻐하는 모습이 잡히자 양인석이 감격에 젖은 목소리를 숨기지 못했다.

이미 두 사람은 3라운드가 시작된 후부터 자리에서 벌떡 일어나 있었는데 시합이 끝난 후에도 앉을 줄을 몰랐다.

"2라운드의 열세를 강태산 선수는 3라운드에서 완벽하게 바꾸어놓았습니다. 거의 일방적인 경기였죠?"

"난타전이었지만 휴 잭맨이 일방적으로 몰린 경기였습니다. 유효 펀치의 숫자만 봐도 금방 알 수 있는 것처럼 강태산 선수의 무서운 인파이팅에 휴 잭맨이 견디지 못했습니다."

"휴 잭맨 선수가 강태산 선수에게 악수를 청해오고 있군요. 보기 좋은 광경입니다."

"서로 최선을 다한 선수들은 감정을 남기지 않는 법입니다. 휴 잭맨 선수, 비록 졌지만 끝까지 항복을 하지 않는 그의 투지는 정말 높이 쳐줄 만합니다."

"그렇습니다. 오늘 경기는 또 한 번 UFC의 역사 속에서 길이 남을 명경기로 회자될 게 분명합니다. 휴 잭맨 선수의 투혼에 뜨거운 박수를 보냅니다. 아, 말씀드리는 순간 심판이 강태산 선수의 손을 번쩍 들어 올립니다. 공식 기록은 3라운드 4분 32초, 강태산 선수의 서브미션 승입니다."

"강태산 선수가 처음으로 얻은 서브미션 승입니다. 하지만, 휴 잭맨을 상대로 얻어낸 것이니 강태산 선수가 그라운드에 약하다는 편견은 이제 버려야 할 것 같습니다."

"강태산 선수의 인터뷰가 있습니다. 잠시, 강태산 선수의 인터뷰를 들어보겠습니다."

심판이 물러나고 인터뷰를 위해 화이나 삭스가 다가오는 것을 본 양인석이 중계를 잠시 멈췄다.

화이나 삭스는 청바지를 입고 있었는데 인터뷰를 할 때마다 입는 검은 셔츠와 함께 그의 트레이드 마크였다.

"미스터 강, 승리를 축하합니다. 오늘 2라운드에서 상당히 고전을 했는데 어떤 상황이었습니까?"

"휴 잭맨은 훌륭한 선수입니다. 그의 더티복싱은 정말 벗어나기 힘들 정도로 대단한 것이었습니다."

"그렇게 고전했음에도 3라운드에서는 일방적인 경기를 펼쳤습니다. 우리는 미스터 강이 더티복싱을 피하기 위해 아웃파이트를 할 것이라 생각했는데 단 한순간도 인파이팅을 포기하지 않더군요. 왜 그런 겁니까?"

"내가 펼치는 불꽃같은 인파이팅은 절대 물러서지 않겠다는 신념과 같은 것입니다. 어떤 순간에도 나는 상대를 앞에

두고 물러서지 않습니다."

"대단한 투지입니다. 강태산 선수, 마지막으로 하고 싶은 말 있으면 해주십시오."

"나는 맥도웰과의 타이틀전을 원합니다. 가급적 빠른 시간 내에 맥도웰과 싸울 수 있기를 바랍니다."

제4장
냉정과 열정

김 관장과 김만덕의 목소리는 얼마나 소리를 질렀는지 잔뜩 쉬어서 잘 나오지 않을 지경이었다.

　그럼에도 그들은 강태산이 인터뷰를 마치고 기자들에게 포즈를 취할 때마다 옆에 서서 주먹을 불끈 치켜 올렸다.

　강태산의 승리는 곧 그들의 승리이기도 했기 때문이었다.

　대한민국에는 투혼팀을 비롯해서 자이언트, 타이거 등 세 개의 굵직한 격투기 매니저먼트 회사들이 있었다.

　각 체급의 유망주들과 랭커들이 대부분 포함되어 있을 정도로 대한민국의 격투기계는 모두 그들이 장악하고 있는 실정이었다.

하지만, 강태산을 보유한 김 관장과 김만덕은 이제 그들 누구도 부럽지 않았다.

랭킹 1위를 꺾고 대한민국 선수로는 최초로 세계 타이틀전 도전권을 획득한 강태산이 바로 만덕체육관 소속이었기 때문이었다.

강태산이 모든 행사를 마치고 옥타곤을 내려오자 기다리고 있던 제프리 조던이 마치 자신이 매니저인 양 앞장서서 호위하며 라커룸으로 안내했다.

그의 얼굴은 기쁨으로 인해 활짝 피어 있었는데 강태산의 승리를 진심으로 축하하는 게 가만있어도 느껴질 정도였다.

"미스터 강, 정말 대단한 시합이었소. 나는 당신이 반드시 이길 거라 믿었습니다."

"고맙습니다."

"몸은 괜찮으시오?"

"괜찮습니다. 며칠 쉬면 금방 회복될 겁니다."

"다행이오."

"저한테 용무가 있는 것 같군요. 뭡니까?"

"언제 떠나실 생각이오?"

"삼 일 후에 귀국할 예정입니다."

"그렇다면 내일은 몸조리를 하시고 모레 우리 회장님과 저녁을 같이 합시다. 회장님께서 미스터 강을 초대했습니다."

"초대한 이유가 있을 것 같은데요?"

"당신의 오늘 시합은 최고의 명경기였습니다. 회장님께서는 늘 멋진 시합을 펼쳐준 당신에게 보답을 하고 싶어 하십니다."

"좋습니다. 그렇게 하지요."

"그럼 나중에 시간과 장소를 알려 드리겠소."

제프리 조던과 강태산의 대화는 고스란히 TCN과 JYN의 카메라에 담겼다.

최유진은 물론이고 김숙영과 카메라맨들은 시합 전부터 시합에 나서는 강태산의 일거수일투족을 전부 찍고 있었는데 특집 방송을 만들기 위한 행동이었다.

마음 같아서는 옥타곤까지 뛰어 올라가 인터뷰를 하고 싶었으나 그것은 허락되지 않았기에 그녀들은 강태산을 따라 라커룸으로 들어와 공동으로 인터뷰를 진행했다.

인터뷰는 길지 않았다.

금방 시합을 끝낸 선수에게 피곤할 정도로 인터뷰를 길게 끈다는 것은 바보 같은 짓이기 때문에 그녀들은 핵심적인 질문만 몇 가지 하고 마이크를 접었다.

강태산은 처음과는 다르게 언론과의 인터뷰를 마다하지 않았으니 나중이라도 시간은 충분했다.

강태산의 입이 열린 것은 카메라맨들이 부리나케 라커룸을 나서고 난 후였다.

카메라맨들은 찍은 필름들을 편집해서 방송국으로 보내야 하기 때문에 지금부터 정신이 없을 것이다.

"최 기자, 눈이 왜 그럽니까?"

"제 눈이 왜요?"

"퉁퉁 부었군요. 울었습니까?"

"…아뇨."

"그리고 보니 목도 쉰 것 같은데… 응원 열심히 한 모양입니다."

"…예."

최유진의 목소리가 기어들어 갔다.

얼굴은 붉어졌고 강태산을 바라보던 시선은 어느새 땅바닥으로 향했다.

그 모습에 강태산의 얼굴에서 웃음이 떠올랐다.

"오늘 저녁 시간 있습니까?"

"왜요?"

"약속한 대로 저녁 사주셔야지요. 오늘은 맛있는 삼겹살이 좋겠습니다. 열심히 뛰었더니 삼겹살이 당기는군요. 만덕아 어떠냐?"

"나야… 없어서 못 먹지."

강태산의 질문에 김만덕이 잔뜩 쉰 목소리로 대답을 했다.

그러자, 옆에 있던 김숙영이 불쑥 나섰다.

"저도 가면 안 돼요?"

"밥값을 낼 사람은 한 사람으로 충분합니다. 김 기자는 내일 사세요. 우리 관장님 목소리가 너무 쉬어서 내일도 삼겹살을 먹어야 될 것 같습니다."

UFC 460에서 강태산의 경기가 '오늘의 파이트'로 선정되었다는 소식이 들려온 것은 그들이 호텔에서 한식집 '아리랑'을 향해 출발하려고 할 때였다.

오늘의 파이트는 치열한 명승부를 펼친 경기에 주어지는 일종의 상장과 같은 것이었다.

당연히 보너스가 주어지는데, 그 금액은 1급 선수인 경우 5만 달러였다.

UFC 역사상 네 번이나 연속으로 오늘의 파이트에 선정된 것은 강태산이 유일했다.

경기에서 이겼고 '오늘의 파이트'에까지 선정되었으니 일행의 식사 분위기는 웃음이 멈추지 않을 정도였다.

비싼 삼겹살이 마구 들어왔고 그에 맞춰 소주잔이 정신없이 날아다녔다.

오늘은 웬일인지 최유진마저 주는 잔을 마다하지 않았기

때문에 식사가 끝났을 때 식탁에는 빈 소주병이 아홉 병이나 뒹굴고 있었다.

소주 두 병이면 완전히 정신까지 잃는 김 관장은 오늘도 먼저 식탁에 쓰러졌고, 김만덕은 입맛을 다시며 강태산과 최유진을 남겨두고 호텔로 떠나야 했다.

'아리랑'에서 나온 강태산이 손목에 찬 시계를 슬쩍 확인한 후 최유진을 바라보았다.

워낙 이른 저녁을 먹었기 때문에 시간은 아직 8시도 되지 않았다.

"저녁 잘 먹었습니다."

"고마워요."

"고맙긴 내가 고맙죠. 갑시다."

"어딜요?"

"맨날 얻어먹기만 해서 미안했어요. 오늘은 내가 분위기 있는 데 가서 맥주를 사겠습니다."

"경기를 해서 힘들 텐데 괜찮겠어요?"

"내가 힘들어 보입니까?"

강태산이 웃는 얼굴로 빤히 최유진을 바라보았다.

그러고 보니 정말 이상하다.

그토록 치열한 경기를 펼쳤는데도 강태산은 어느새 부어올랐던 얼굴이 반나절 만에 말끔하게 제자리로 돌아와 있었다.

그랬기에 최유진은 또다시 얼굴을 붉혔다.

자신을 바라보는 강태산의 시선이 뜨겁다고 여겨졌기 때문이었다.

왜 그럴까.

예전에는 전혀 아무렇지 않았던 시선이 이제는 마주 보기 어려울 정도로 힘들었다.

강태산은 거리로 나아가 택시를 잡고 벨라지오호텔로 향했다.

최유진은 강태산이 택시 기사에게 벨라지오호텔로 가자는 소리를 했을 때 가슴이 두근거리는 걸 느꼈다.

이상한 생각을 했기 때문이 아니다.

벨라지오호텔 앞 분수대의 환상적인 쇼는 세계에서 알아주는 명물로 유명했기 때문이었다.

역시 예상대로 강태산은 분수쇼를 그녀에게 보여주고 싶었던 모양이었다.

택시에서 내린 강태산은 분수 옆 길가에 있는 바에서 맥주를 두 병 사더니 한 병을 최유진에게 내밀었다.

"가난한 격투기 선수가 무슨 돈이 있겠습니까. 마음 같아서는 호텔 라운지에서 사고 싶은데 그건 나중에 돈 많이 벌었을 때 하죠."

"아직도 가난해요? 파이트머니에 보너스까지 꽤 받은 걸로 아는데 아닌가 보네요?"

"쓰는 데가 많아서 모은 돈이 없습니다."

"엄살이 심하세요. 뭐, 그래도 이게 어디예요. 강태산 선수한테 맥주까지 얻어먹었으니 방송국 가서 자랑해야겠어요."

"여기 분수쇼가 유명한 거 아시죠?"

"알아요."

"조금 있으면 분수쇼 시작할 겁니다. 15분마다 한다니까 오래 기다리지 않아도 될 거예요. 자 한잔합시다."

강태산이 맥주병을 내밀어 최유진이 들고 있던 맥주병에 가볍게 부딪힌 후 입으로 가져갔다.

시원한 바람과 물밀듯이 밀려드는 사람들.

쇼를 보기 위해 분수대 주변에는 어마어마한 인파들이 밀려들고 있었다.

드디어 기다리던 분수쇼가 시작되었다.

상상 이상의 아름다움.

조명을 따라 갖가지 형태로 변하며 치솟는 분수의 아름다움이 최유진의 답답했던 가슴을 활짝 열어젖혔다.

여자는 분위기에 취한다고 했던가.

최유진이 여자로서 하지 않아야 할 질문을 한 것은 분수쇼가 마무리되면서 사람들이 하나둘씩 자리를 떠날 때였다.

"물어볼 것이 있어요."

"뭐죠?"

"정말로 김숙영 기자와 잤나요?"

"그렇습니다."

"도대체 왜… 당신, 왜 그랬죠?"

"김 기자는 당신이 그렇게 시켰다고 하더군요. 아닌가요?"

"그건……"

"난 주겠다는 여자를 마다하지 않는 성격입니다. 최 기자는 얼마 지나지 않았는데도 나를 잘 파악하고 있었던 모양입니다. 그런 조언을 해줄 정도니 말입니다."

"강태산 씨… 나는 정말로 걔가 그럴 줄 몰랐어요."

"괜찮습니다. 오히려 나는 최 기자에게 고마워하는 중이니까요. 자, 피곤한데 이제 갑시다."

몸을 벌벌 떨고 있는 최유진을 향해 강태산이 아무렇지 않다는 표정을 지었다.

그런 후 그는 우두커니 서 있는 최유진을 내버려 두고 천천히 발길을 돌렸다.

냉정하다. 그리고 차갑다.

맥주를 사겠다고 말할 때부터 이상하다고 생각했는데 강태산은 김숙영의 이야기가 나오자마자 기다렸다는 듯 사정없이 그녀를 몰아붙였다.

톰슨이 강태산을 초대한 곳은 라스베이거스에서 가장 유명한 고급 레스토랑 '프라하'였다.

프라하는 라스베이거스 프랑스호텔 앞 중심가에 위치하고 있었는데 코스 메뉴가 일인당 오백 달러에 달할 정도로 비싼 곳이었다.

제프리 조던의 안내에 따라 특실로 들어서자 거대한 원형 식탁에 톰슨이 앉아 있는 것이 보였다.

하지만 룸에는 톰슨만 앉아 있는 것이 아니었다.

의외의 인물.

바로 뛰어난 미모로 격투기계의 심볼이 된 옥타곤걸 나르샤가 톰슨의 옆자리를 차지하고 있었다.

"어서 오시오."

강태산이 들어서자 톰슨이 반갑게 맞이하며 자리에서 일어났다.

그의 얼굴에는 여전히 부드러운 미소가 걸려 있었다.

"여기는 나르샤. 옥타곤에서 봤을 테니 구면일 거요."

"안녕하세요. 시합에서 이긴 거 정말 축하해요."

"고맙습니다."

그녀의 인사에 강태산이 희미한 웃음을 지었다.

그러면서도 의문을 풀지 않은 채 바라보자 톰슨이 특유의 부드러운 웃음을 띤 채 입을 열었다.

"오늘 내가 미스터 강과 식사를 한다고 했더니 나르샤가 기어코 따라나서겠다고 하더군요. 사람들은 잘 모르지만 나르샤는 내 조카입니다."

"아… 그렇군요."

"혹시 불편한 건 아닙니까?"

"아름다운 미녀와 같이 식사를 한다는 건 전혀 불편한 일이 아닙니다. 오히려 영광입니다."

"고마워요."

강태산의 대답에 나르샤가 활짝 웃음을 얼굴 가득 담아냈다.

그러자 룸이 그녀의 웃음 하나로 인해 환해진다는 착각이 들었다.

압도적인 미모.

정말 대단한 아름다움을 지닌 여자다.

사람을 대하는 톰슨의 화술은 그야말로 능수능란했다.

부드러운 미소와 함께 상대를 배려하면서 간간이 던지는 조크는 식사 자리를 더없이 유쾌하게 만들었다.

그러면서도 도를 넘기지는 않는다.

몸에 밴 접대의 기술.

세계 톱을 자랑하는 UFC의 경영자답게 그는 순간순간 뛰어난 재치로 강태산을 치켜세우며 분위기를 이끌었다.

하지만, 본론이 시작되자 그런 조크는 순식간에 사라졌다.

"나는 미스터 강에게 별도로 오늘 10만 달러를 송금했습니다. 그 돈은 파이트머니뿐만 아니라 오늘의 파이트에 대한 보너스와 별개의 돈입니다."

"꽤 큰돈을 주셨군요."

"회장으로서 당신이 보여준 투혼에 대한 보답입니다."

"고맙습니다."

예상은 했지만 톰슨의 배포는 생각보다 훨씬 컸다.

하지만, 톰슨이 그를 보자고 한 것은 돈 때문이 아닐 것이다.

그랬기에 강태산은 부드러운 미소를 진 채 자신을 바라보는 톰슨을 향해 입을 열었다.

"자, 그럼 이제 본론으로 들어가시죠. 나는 내일 귀국을 해야 되기 때문에 일찍 자야 합니다."

"미스터 강의 경기를 보면서 무척 현명한 사람이라고 생각했습니다. 역시 내 판단이 틀리지 않은 것 같소."

"맥도웰과의 경기 일정 때문입니까?"

"그렇소."

"말해보시죠."

"우리는 당신과 맥도웰과의 경기를 빅 이벤트로 만들 생각이요. 그래서 말인데… 미스터 강은 언제 그와 경기를 할 수 있겠소?"

"나는 세 달 후에 벌어지는 UFC 463에서 그와 붙기를 원합니다."

"너무 빠른데 괜찮겠습니까?"

"내 몸 상태를 말하는 거라면 전혀 문제가 없으니 걱정 안해도 됩니다. 맥도웰의 입장이나 확인해 주시오."

"그렇다면 내가 맥도웰의 의사를 타진해 보리다. 삼 일 이내에 답변을 주면 되겠지요?"

"그리고, 한 가지 더. 내 파이트머니를 다시 산정해 주시면 고맙겠습니다."

"그게 무슨 말이오. 당신의 파이트머니는 이미 계약서에 명시되어 있잖소?"

"빅 이벤트를 만들고 싶다면서요. 그렇다면 그에 상응하는 대가를 주는 게 맞지 않겠습니까. 내가 알기로 맥도웰은 50만 달러의 대전료와 PPV 비용을 받는 걸로 알고 있습니다. 하지만, 내 대전료는 그에 비하면 형편없는 수준입니다. 내 상품성을 고려해 주시길 바랍니다."

"음… 얼마를 원하는지 말해보시오."

"30만 달러를 주십시오. 그리고 PPV 비용은 맥도웰과 맞춰 주시면 좋겠습니다."

"그런 말도 안 되는……."

"톰슨 회장님, 나는 맥도웰과의 경기 역시 최고의 명승부로 만들 자신이 있습니다. 그리고 챔피언이 된다면 곧장 웰터급으로 전향할 생각입니다. 어떻습니까. 이래도 말이 안 된다고 생각하십니까?"

"그 말이 정말이오?"

"맥도웰을 꺾고 나면 라이트급에는 더 이상 내 상대가 없습니다. 나는 웰터급마저 제패할 생각입니다."

강태산의 시선은 전혀 흔들리지 않았다.

그리고 그 시선은 너무나 강렬해서 마치 타는 것처럼 보였다.

산전수전 다 겪은 톰슨이 길게 신음을 흘린 것은 강태산의 말이 충격적이었기 때문이었다.

"으… 그것 역시 삼 일 후에 대답을 해주겠소."

"가급적 좋은 소식이 있기를 바랍니다."

"여러 가지 변수들이 있으니 크게 기대하지 마시오. 하지만, 최대한 당신의 제안을 검토해 보겠소."

"그럼 이제 그만 일어날까요?"

강태산이 일어나며 손을 내밀었다.

그는 톰슨이 자신의 제안을 거부할 거라고 조금도 생각하지 않는 얼굴이었다.

나르샤가 강태산의 옆으로 다가온 것은 일행이 악수를 한 후 룸을 나설 때였다.

"섹시 가이. 처음 봤을 때도 멋있다고 생각했는데 갈수록 당신 멋있어요. 지금까지 우리 삼촌한테 그런 제안을 한 사람은 처음이었어요."

"내 가치가 그 정도는 된다고 생각했기 때문입니다."

"우리 약속 하나 할까요?"

"뭡니까?"

"당신이 챔피언이 되면 술 한잔해요. 내가 분위기 좋은 데서 좋은 술 살게요. 어때요?"

"날 유혹하는 거요?"

"당연히……."

*   *   *

영웅의 탄생은 그리 오래 걸리지 않았다.

대한민국을 서서히 흔들고 있던 강태산의 불꽃같은 인파이팅은 세계 랭킹 1위 휴 잭맨마저 꺾으면서 활활 타오르기 시작했다.

모든 언론이 일제히 강태산의 승리를 전하며 다음에 벌어질 세계 타이틀전에 초미의 관심을 보였다.

스포츠란 마약과 같은 것이다.

한번 관심을 가지고 보게 되는 순간, 그리고 자신이 응원하는 선수나 팀이 승리를 하는 순간 사람들은 그 마력에서 벗어나지 못한다.

강태산이 무명일 때부터 응원했던 사람들은 당연히 그런 마약에 취해 정신을 못 차릴 정도로 매료되었고 UFC에 본격적으로 진출한 이후에야 경기 영상을 본 사람들조차 열광 속으로 빠져들었다.

강태산의 경기 스타일이 주는 쾌감과 흥분, 그리고 긴장감은 역대 어느 선수도 보여주지 못한 것이었으니 그들은 강태산의 매력에 빠져 헤어나지 못했다.

이번 UFC 460을 중계방송한 TCN의 순간 최고 시청률은 무려 15%까지 치솟았다.

강태산이 휴 잭맨을 3라운드에서 압살했던 바로 그 순간이었다.

대한민국에서 복싱이 전설적인 인기를 끌 때를 제외하고 격투기가 이런 시청률을 보인 건 무려 50년 만에 일어난 일이었다.

그것뿐이 아니었다.

인터넷에 게재되어 있던 강태산의 휴 잭맨전은 무려 400만의 조회수를 기록하며 최근 들어 가장 많은 뷰를 기록 중이었다.

폭발적인 반응.

지금도 강태산의 경기는 수많은 사람이 찾아보는 중이었기 때문에 얼마까지 올라갈지 아무도 예측할 수 없는 정도였다.

*   *   *

친구인 현미숙과 배낭여행을 떠나기 위해 인천국제공항에 들어온 김민서는 사람들이 웅성거리는 모습을 보고 슬금슬금 걸음을 옮겨 나갔다.

뭔 일인지 궁금해서 가까이 다가가자 꽤 많은 기자들이 입국장 앞에서 누군가를 기다리고 있는 것이 보였다.

그녀의 얼굴이 밝아졌다.

기자들이 이처럼 입국장에서 누군가를 기다린다는 것은 톱스타가 귀국한다는 걸 알려주기 때문이다.

행운.

아마, 신께서 그녀들의 여행을 축복하기 위해 행복하게 다녀오라고 준 선물임이 분명했다.

"미숙아, 빨리 와!"

그녀가 뒤에서 미적거리는 현미숙을 향해 부리나케 손을 흔들었다.

아직까지 티케팅을 하려면 한 시간이나 기다려야 했는데

그녀들의 심심함을 달래줄 이벤트가 생겼으니 김민서의 얼굴에서는 저절로 활기가 치솟았다.

꿈 많은 여대생.

대학교 3학년을 마치면서 그녀들은 유럽 배낭여행을 오래전부터 준비해 왔다.

이제 4학년이 되면 취업 준비를 해야 되기 때문에 마지막으로 가장 빛나는 청춘의 추억을 남기기 위해서였다.

성격이 밝고 쾌활한 김민서였으나 기자들을 향해 누가 들어오는지 묻지는 않았다.

여행을 떠나는 주제에 일하기 위해 오래전부터 기다린 기자들에게 자신의 궁금증을 묻는다는 건 못 할 짓이라 생각했기 때문이었다.

눈을 돌리자 자신과 비슷한 처지에 있는 사람들이 슬금슬금 다가오는 것이 보였다.

그들이 일행과 주고받는 것 역시 자신과 똑같은 궁금증이었다.

기린처럼 목을 빼 들고 사람들 틈에서 입국장을 바라보고 있을 때 검은색 정장에 짙은 선글라스를 낀 남자가 일행들과 함께 게이트를 나오는 것이 보였다.

누구지?

쉽게 알아보지 못했다.

외모에서 풍겨 나오는 포스와 잘빠진 몸매를 보면 영락없는 영화배우였는데 전혀 알아볼 수 없는 사람이었다.

"미숙아, 혹시 너 저 사람 누군지 아니?"

"모르겠어."

"아무리 봐도 영화배우는 아니야. 내가 영화광이라서 웬만한 배우들은 다 알거든."

"그럼 가순가?"

현미숙이 고개를 갸웃거렸다.

그녀 역시 게이트를 빠져나오는 남자를 본 적이 없다고 생각했기 때문이었다.

그때 누군가의 입에서 남자의 이름이 새어 나왔다.

"강태산이다!"

사람들, 특히 남자들이 그 이름에 전부 앞으로 우르르 몰려나왔다.

어느 날 불현듯 나타나 대한민국을 흔들고 있는 히어로.

격투기계의 신화로 떠오른 강태산의 이름은 이미 대한민국 성인 남자들에게는 영웅이나 다름없는 것이었다.

강태산이 나타나자 기자들이 정신없이 카메라의 플래시를 터뜨리기 시작했다.

기자들의 숫자는 거의 삼십여 명에 달했는데 톱 탤런트를 취재하기 위해 나온 숫자와 비슷했다.

김민서는 기자들의 열띤 취재 경쟁을 보면서 입술을 말아 올렸다.

　기자들이 질문을 시작하자 강태산이 선글라스를 벗었기 때문이었다.

　"우와, 저 남자 정말 잘생겼다."

　"저 사람이 강태산이구나. 직접 보니까 텔레비전에서 나오는 것보다 훨씬 멋있게 생겼네."

　"넌 저 사람 누군지 알아?"

　"격투기 선수잖아. 요새 엄청 인기가 많은 선수야."

　"그래? 그런데 왜 난 몰랐지?"

　"바보야, 네가 공부한다고 언제 텔레비전 본 적 있어?"

　"하긴 그러네."

　"저 남자, 다음에 세계 타이틀전에 도전한대. 그런데 싸우는 게 장난이 아니야."

　"잘 싸워?"

　"우리 오빠가 미치려고 그러더라. 며칠 전에 저 사람 시합하는 걸 오빠하고 봤는데 정말 대단했어."

　"아우, 자꾸 궁금하게 만들지 말고 오토매틱으로 말해. 끊지 말고!"

　"절대 물러서지 않아. 상대가 한 대를 때리면 두 대를 때리면서 전진해. 지금까지 저 사람하고 싸워서 성한 사람이 하나도 없다고 했어. 별명이 야차란다."

"야차가 뭔데?"

"불교에 나오는 팔부신장 들어봤지? 야차는 하늘을 날아다니면서 악한 짓 한 사람들을 잡아먹는 귀신이야."

"호오, 대단한 별명이네. 생긴 것과는 전혀 안 어울려."

"그러니까 말이지. 난 싸우는 거 질색인데 저 사람 시합은 눈을 뗄 수 없었어. 정말 대단했거든."

"다음 시합이 세계 타이틀전이라고?"

"응, 그땐 정말 난리도 아닐 거야. 저 사람 시합을 좋아하는 사람이 엄청 많아. 우리 오빠는 벌써부터 학수고대하는 중이야."

"언제 한다니? 나도 봐야겠다."

"얼씨구."

"저렇게 잘생긴 사람이 싸운다면 봐줘야지 예의야. 그 정도의 인사성이 우리한테 있는 거거든."

"넌 참 솔직해서 좋아. 어떻게 남자에 대해서는 그렇게 솔직한지 모르겠다."

"호호, 그냥 남자는 동물이지만 잘생긴 남자는 왕자님이잖아."

*　　　*　　　*

신촌 집은 식구들이 전부 모여 밥을 먹은 후 텔레비전을 보면서 강태산을 기다리고 있었다.

오늘 돌아온다고 연락이 왔었기 때문에 식구들은 꼼짝도 않고 그를 기다리는 중이었다.

있을 때는 사정없이 구박하는 은정과 은영, 그리고 시험이 끝나서 이제는 한가한 시간을 보내고 있는 현수까지 그들은 누구 하나 자리를 뜨지 않았다.

그들의 앞에는 권 여사가 가져다 놓은 커피 잔이 놓여 있었는데 싸늘하게 식은 채였다.

텔레비전을 지켜보던 은영이 불만 섞인 목소리로 입을 연 것은 은정이가 대문 쪽으로 시선을 돌릴 때였다.

"도대체 왜 안 오는 거야?"

"곧 오겠지."

"9시 도착이라고 했잖아. 벌써 1시간이 넘었어. 이 인간 다른 데로 샌 거 아냐?"

"다른 데 어디?"

"다영이 언니한테 간 거 아니냐고!"

권 여사의 물음에 은영이 대답하면서 반쯤 누워 있던 몸을 벌떡 일으켰다.

막상 말해놓고 나니 상당히 신빙성이 있었기 때문이었다.

하지만 그녀의 추리는 권 여사로 인해 금방 제압이 되었다.

"태산이, 바로 집으로 온다고 했다."

"정말?"

"그래. 그리고 개가 언제 외국 나갔다가 들어올 때 다른 데부터 가는 거 봤어?"

"그렇진 않았지."

"거봐라. 그러니까 기다리면 금방 올 거야."

"엄마, 오빠 밥은 어떻게 했대?"

이번에 물은 건 은정이였다.

은정이는 강태산이 저녁을 굶었을까 봐 걱정이 되었던 모양이었다.

"기내식으로 먹었단다."

"아마, 기내식 두 개는 먹었을 거야. 우리 오빠는 얼굴이 철판이잖아. 크크크……"

권 여사의 대답을 들은 은영이 이상한 웃음을 흘려냈다.

은영은 강태산만 생각하면 재미있는 상상이 드는 모양이었다.

조용하게 있던 현수가 은영의 웃음소리를 잠재운 것은 텔레비전에서 스포츠 뉴스가 나오면서부터였다.

텔레비전에서는 휴 잭맨을 꺾은 강태산의 귀국 소식을 알리고 있었다.

"우와, 저 형. 이제 들어오네. 기자들 봐. 엄청 많아."

"선글라스도 끼었네. 선글라스 끼니까 꼭 영화배우 같다."

"저 형은 영화배우를 해도 될 거야. 워낙 잘생겨서."

"저렇게 잘생긴 사람이 왜 격투기 선수가 된지 모르겠어."

"맞아, 얼굴 망가지게."

"그런 말은 하지 마. 누나들은 저 형이 얼마나 무서운지 몰라서 그래."

"무섭긴 개뿔. 하나도 안 무섭게 생겼구만."

"공항에서 본 것과 같냐. 진짜 싸우는 걸 봐야 알지. 누나들도 다음에 한번 봐. 눈으로 보면 알게 될 거야."

"가만… 저 사람, 오빠 출국 때도 같이 나갔잖아."

"맞아. 그때도 저렇게 인터뷰했었지."

"오늘도 오빠 마중 나갔으면 저 사람 인터뷰하는 거 봤겠다. 오빠 들어온다는 시간하고 비슷했잖아."

"그러네, 이름도 똑같은 게 저 사람 오빠하고 인연이 있는 모양이다."

"에이, 언니는 갖다 댈 걸 갖다 대. 저 사람하고 오빠는 생긴 것부터 천양지차인데 인연은 무슨. 왕자와 하인 정도라면 몰라도."

"야, 넌 비교를 해도 꼭 그렇게 해야 돼? 그럼 오빠가 하인이란 말이야!?"

"왜 화를 내. 말이 그렇다는 거지."

"아무리 잘생겼으면 뭐해. 남자는 마음이 착해야 진짜라고. 뭘 알지도 못하면서 떠들어. 오빠가 그 소릴 들으면 얼마나 서운하겠니."

"또 오버하신다, 우리 언니. 어쩌면 좋아."

"조용히 해봐. 인터뷰하는 것 좀 들어보게."

누나들이 투닥거리는 걸 지켜보던 현수가 중간에서 끼어들었다.

텔레비전에서는 강태산의 얼굴이 클로즈업되면서 기자들의 질문에 대한 답변이 방송되고 있었다.

은영의 입에서 놀라움에 가득 찬 탄성이 터져 나온 것은 현수의 말을 듣고 시선이 텔레비전으로 향했을 때였다.

"언니, 저거… 저거 우리가 오빠한테 선물해 준 목도리하고 똑같다. 안 그래?"

"어, 저게 왜 저 사람한테 있지?"

두 딸이 놀란 눈으로 텔레비전 앞까지 바짝 다가서자 권 여사가 웃으면서 물었다.

"같은 색깔 목도리가 어디 하나둘이겠어? 비슷한 거겠지."

"아냐, 아냐. 저거 마크 봐봐. 북극성 마크가 선명하잖아. 우리가 백화점에서 산 것과 똑같아."

"그럼 같은 백화점에서 산 거겠지."

"아우 미치겠네. 그런 우연이 어디 있냐고!"

은영이 팔짝팔짝 뛰었다.

아무리 생각해도 이상했기 때문이었다.

그때 불쑥 은정이 나섰다.

"혹시 오빠가 저 사람한테 선물한 거 아닐까. 저번에 사인도 받았다고 했잖아."

"설마, 우리가 생일 선물로 준 건데 그런 짓을 했겠어?"

"하긴, 오빠가 아무리 생각이 없어도 그렇게까지는 하지 않을 텐데……."

은정이 말을 흐렸다.

정성을 담아 두 시간을 헤매며 산 선물이었다.

자신과 모든 식구의 마음이 담긴 선물이었다.

더군다나 강태산은 생일 선물로 받은 것들은 차곡차곡 장롱에 넣어두고 소중하게 간직하는 사람이었다.

뭔가 이상하다.

같은 시간, 같은 장소에서 미국으로 떠난 두 남자.

거기에다 똑같은 목도리.

우연일까?

과연 그것이 우연이라면 너무도 신기한 일이다.

이제 강태산의 모습은 화면에서 사라졌고 텔레비전에서는 프로야구에 관한 뉴스가 시작되고 있었다.

그럼에도 식구들은 아무런 말 없이 그저 화면만 바라볼 뿐이었다.

생각에 잠긴 모습.

강태산이 불쑥 대문을 열고 들어선 것은 식구들이 망부석처럼 텔레비전에 시선을 고정하고 있을 때였다.

"이모, 저 다녀왔어요!"

텔레비전을 보면서 침묵에 잠겼던 식구들이 동시에 소리를 쳤다.

"왜 이제 와!"

"시내에서 교통사고가 나는 바람에 조금 늦었어. 그래도 많이 늦은 건 아닌데 왜 그래?"

"9시에 도착했다며?"

"응."

"지금 시간이 몇 신데 조금 늦어? 어디 샜다 오는 건 아니고?"

"곧장 오는 길이다. 은영아, 그런데 무슨 일 있어? 얼굴이 왜 그래?"

"일단 올라와."

대표로 은영이 심문을 하자 나머지 식구들은 잘하고 있다는 시선을 보내며 강태산을 향해 빨리 올라오라는 무언의 압박을 마구 보냈다.

분위기가 심상치 않다.

그랬기에 강태산은 쭈뼛거리며 죄인처럼 마루로 올라왔다.

본격적인 심문이 시작된 것은 강태산이 한쪽에 조심스럽게 앉았을 때였다.

"오빠, 강태산 선수 알지?"

"응? …응."

"도대체 오빠 강태산 선수와 무슨 관계야?"

은영이 날카로운 눈빛을 빛내며 질문을 하자 강태산의 몸이 흠칫 굳어졌다.

도대체 왜, 무슨 뜻으로 하는 질문인지 알 수 없었기 때문이었다.

혹시, 자신의 정체를……

금방 대답하지 않았다. 대신 은영과 식구들의 눈을 보면서 무슨 일이 있었는지 먼저 유추하는 게 급했다.

심각한 일이 아니라는 건 웃고 있는 권 여사와 현수의 얼굴을 보는 순간 알 수 있었다.

그랬기에 강태산은 은영의 심문에 당당하게 맞섰다.

"관계가 어딨어. 그냥 팬이지."

"오빤 격투기도 안 좋아하잖아."

"격투기는 안 좋아하지만 유명한 선수라서 사인도 받았으니까 팬은 팬이지."

"정말 그것 말고 아무런 관계가 없어?"

"야, 속 시원하게 말을 해야지 알아듣지. 다짜고짜 개랑 나랑 엮는 이유가 뭐냐?"

"그럴 이유가 있으니까 그렇지!"

"그게 뭔데?"

"오빠, 목도리 어디 있어. 목도리가 안 보이잖아!"

은영의 추궁에 다시 한 번 강태산의 몸이 움찔했다.

이제야 알겠다.

아무런 생각 없이 목도리를 하고 들어왔는데 아마 식구들이 텔레비전에서 자신이 출국할 때 생일 선물로 준 목도리를 하고 있는 걸 본 모양이었다.

"목도리, 가방에 있는데."

"꺼내봐. 두 눈으로 확인해 봐야 되겠어."

웃고 있던 현수와 권 여사는 물론이고 추궁하던 은영과 은정의 눈이 수사관처럼 예리하게 빛났다.

하지만, 증거품은 정말 그의 가방에 들어 있었다.

옷을 갈아입으면서 양복은 만덕이 짐에 넣었지만 목도리는 그의 가방에 따로 보관했던 것이다.

강태산이 주섬주섬 가방을 열고 목도리를 꺼내자 잔뜩 무언가를 기대했던 식구들의 시선이 허탈하게 변했다.

은정이 나선 것은 직접 목도리를 세밀하게 살핀 후였다.

"정말이네."

"그럼 목도리가 어디 가겠냐."

"우린 텔레비전 보면서 깜짝 놀랐어. 오빠 모르겠지만 강태산 선수가 오빠 꺼와 똑같은 목도리를 하고 있었거든. 정말 신기한 일이잖아."

"그래서 이 난리를 피운 거야?"

"정말 똑같았다니까. 우린 오빠가 강태산 선수한테 목도리를 준 거라고 생각했어."

"에이, 내가 왜 개한테 생일 선물로 받은 목도리를 주겠냐. 별소릴 다 하네."

"충분히 그런 생각을 할 만했어. 출국 때도 같이 떠났고 돌아올 때도 같이 돌아왔으니까 공항에서 그 사람을 만났을지도 모른다고 생각했지. 오빠 넉살이 좋아서 아무하고도 말 잘하잖아."

"개도 오늘 돌아왔어?"

"그래."

"그것 참 신기한 우연이네. 일정이 비슷했나 보다."

"오빠 출국할 때 말하지 않았지만 그때 난 정말 소름 끼쳐서 혼났다."

"왜?"

"오빠를 못 찾아서 전화를 했던 거 기억 나?"

"응, 기억해."

"내가 전화를 거는데 인터뷰하던 강태산 선수가 갑자기 전화기를 꺼내더니 척 하고 받는 거야. 내가 얼마나 놀랐다고."

"에이, 그럴 리가……."

"정말이야, 마치 내 전화를 받은 것처럼 타이밍이 정확했어. 더군다나 내 눈까지 쳐다보더라니까."

"그건 네가 예뻐서 그랬겠지. 너무 예뻐서 쳐다본 걸 거야."

"또 아부한다."

"아부는, 난 사실만 말합니다요."

"호호, 그런가?"

"아무튼 우리 식구들 대단해요. 난 또 강태산이 나를 사칭해서 도둑질이라도 한 줄 알았네."

"오빠, 배 안 고파? 밥 줄까?"

"괜찮아. 오면서 기내식을 두 개나 먹었더니 배불러."

"크크… 언니야, 봐라. 내 말이 맞지?"

"하여간, 먹는 건 꼭꼭 챙겨 먹어요."

"어쨌든, 오빠가 오니까 좋다. 집 안이 꽉 차는 느낌이야."

여동생들은 이제 심문을 마치고 나자 다정한 눈으로 강태산을 바라보고 있었다.

그건 현수도 마찬가지였다.

현수는 어느샌가 슬그머니 다가왔는데 뭔가 잔뜩 기대하는 눈치였다.

"현수야, 너 시험 잘 봤어?"

"응. 잘 봤어. 내가 목표한 대학교는 충분히 갈 수 있을 거야."

"착하네, 우리 동생. 잘했다."

"형, 나 대학 들어가면 선물 뭐 해줄 거야?"

"뭐 받고 싶은데?"

"난 형하고 여행하고 싶어. 해외여행. 특히, 파리에 가보는 게 꿈이야. 형이랑."

"음, 그건 좀 곤란한데. 너도 알다시피 내가 엄청 바쁘잖아. 현수야, 여행 말고 다른 거 생각해 봐. 다른 건 형이 다 해줄게."

"그럼 조카 만들어줘."

"헉, 무슨 조카?"

"빨리 결혼하라고. 그래서 조카 만들어줘."

"이놈이 별소릴 다 하네."

강태산이 난색을 표했다.

현수의 눈을 보니 정말인 것 같다.

놈은 하루라도 빨리 조카를 만나고 싶은 모양이었다.

권 여사가 슬그머니 중간에서 끼어든 것은 강태산이 당황한 표정을 숨기지 못하고 있을 때였다.

"그래, 태산이도 이제 결혼해야지. 나이가 너무 차면 안 좋아. 그러니까 얼른 결혼했으면 좋겠다."

*　　　*　　　*

민다영은 보름동안 내내 강태산을 기다리며 시간을 보냈다.

그를 소개하고 난 후 친구들의 평점은 그리 높지 않았다.

어쩌면 당연한 일이다.

잘생긴 얼굴도 아니었고 안정된 직장을 가진 것도 아니었으니 그녀를 먼저 생각하는 친구들은 강태산에게 높은 점수를 주지 않았다.

그럼에도 그녀가 친구들에게 강태산을 좋아한다고 고백하자 태도가 완전히 바뀌었다.

특히 차지연은 강태산에 대해서 커다란 호감을 내비치며 진솔해 보인다는 칭찬을 거듭했다.

친구들의 반응은 상관없었다.

오직 그녀의 마음속에 들어 있는 것은 강태산뿐이었으니까.

보름이란 시간이 더디게 흘러갔다.

시간이 날 때마다 생각나는 얼굴.

그래, 그랬다.

사랑은 고통을 동반한다고 했는데 그 말은 정말 사실인 것 같다.

그를 생각할 때마다 그리움으로 목이 메어온다.

그는 언제나처럼 전화를 하지 않았다.

얼마나 바쁜 일이기에 이처럼 전화를 하지 않는지 알 수가 없다.

원망하는 마음과 그리움이 교차하면서 시간이 갈수록 그의 얼굴이 점점 진해져 갔다.

그가 올 시간.

수업을 하면서도 그가 돌아온다는 생각에 가슴이 뛰었다.

예전처럼 그가 불현듯 학교 앞에서 기다릴지도 모른다는 생각을 하면서 하루 종일 설레는 마음을 감추지 못했다.

그녀는 퇴근 무렵이 되어 책상을 정리하고 부랴부랴 교무실을 나섰다.

한 발 한 발 걸어가는 발걸음이 자신도 모르게 바빠졌다.

그가 와 있기를 바라는 마음과 함께.

그리고 그 마음은 정문 앞에서 자신을 기다리는 강태산을 확인하는 순간 마치 폭죽처럼 터져 올랐다.

"다영 씨, 그동안 잘 지냈어요?"

"…보고 싶었어요."

질문과 대답이 달랐다.

하지만 그것만으로 충분했다.

두 사람이 느끼는 감정은 대화와 상관없이 충분한 의미를 전달하고 있었다.

함께하면 즐겁고 행복한 사람.

민다영에게 강태산은 그런 사람이 된 지 오래였다.

같이 저녁을 먹었고 영화도 봤다.

늦은 시간이었지만 집으로 돌아가야겠다는 생각은 들지 않았다.

그와 더 오래도록 같이 있고 싶다는 마음은 컴컴한 어둠을 환하게 밝히며 시간의 흐름을 허락하지 않았다.

그러나 강태산은 언제나처럼 시간이 늦어지자 그녀의 바람과 다르게 집으로 향하고 있었다.

그 벤치에서의 키스.

강태산은 천천히 진도를 나가겠다는 약속을 지킬 생각인 모양이다.

이번에도 그는 뜨거운 키스만 선물한 채 컴컴한 어둠 속으로 사라져 갔다.

*　　　*　　　*

국장은 오늘따라 아침부터 흥분한 기색을 감추지 못하고 있었다.

TCN에서 기획한 강태산의 특집 방송은 라스베이거스의 생생했던 현장과 그 팽팽했던 긴장감을 고스란히 담아내어 골든타임에 방송되면서 다시 한 번 히트를 쳤다.

오늘 국장이 흥분된 얼굴을 숨기지 못하고 있는 건 최유진이 기어코 사고를 쳐줬기 때문이었다.

예능 프로그램에 강태산을 출연시켜 보자는 그의 의도를 최유진은 충실하게 수행해 주었다.

'화제의 스타'라는 프로그램이었다.

현재 대한민국의 주요 이슈에 있는 사람들을 출연시켜 패널들과 대화를 나누는 형식이었는데 지금까지 '화제의 인물'에 출연한 사람들은 천만 관객을 동원한 영화배우 강유석을 비롯해서 최근 500만 장의 음원을 판매한 록그룹 히말라야, 일본에서 성황리에 공연을 마치고 돌아온 걸그룹 블랙로즈, 프로야구 홈런왕 장명수 등이었다.

프로그램의 진행 방식은 국민MC라고 불리는 황재윤이 남녀 패널들과 함께 초대 손님으로 나온 스타의 이모저모를 묻고 대답하는 형식이었다.

"최 기자, 강태산하고 통화됐어?"

"아뇨, 전화 안 받아요."

"온다고는 했지?"

"그럼요. 3시까지 방송국으로 온다고 했어요."

"다시 한 번 확인해 봐. 만약 펑크 나면 너나 나나 죽음이다."

"다시 해볼게요."

"양인석과 서정설도 시간에 맞춰서 오라고 그래. 강태산이 말주변 없으면 걔들이 보조를 맞춰줘야 하니까 빼지 말라고 그러란 말이야."

"알겠어요."

최유진이 고개를 숙이고 부랴부랴 사무실을 나갔다.

김 국장은 노련했고 치밀했다.

프로그램의 성공을 위해 격투기 중계를 도맡아 하고 있는 양인석과 서정설까지 세트로 맞춰놓은 건 일종의 보험이나 다름없는 것이었다.

*　　　*　　　*

황재윤이 국민MC로 불리기 시작한 것은 벌써 10년 전의 일이었다.

깔끔한 진행과 방송에서 터지는 그의 노련한 유머는 패널들은 물론이고 시청자들까지 수시로 웃음 짓게 만드는 마력을 지니고 있었다.

잡티 하나 없을 정도로 모범적인 생활 태도와 겸손함은 10년 동안 수많은 프로그램을 진행했음에도 거의 안티가 없을 정도의 인기를 누리게 만들었다.

황재윤은 작가들이 작성한 시나리오를 읽으면서 오늘 진행할 패턴을 연습했다.

그가 이렇게 지속적으로 인기를 끌 수 있는 건 조금이라도 프로그램을 진행하면서 사고가 생기지 않도록 노력하는 성실성도 커다란 부분을 차지했다.

대기실의 문이 열리며 패널로 참가하고 있는 영화배우 도민수와, 탤런트 서유경이 들어온 것은 대본을 다시 한 번 끝까지 읽었을 때였다.

"형, 오늘 출연자가 강태산이라면서?"

"그래. 옥타곤의 도살자."

황재윤이 즉각 대답을 해주자 도민수의 얼굴이 흥분으로 가득 찼다.

그는 황재윤과 형, 동생 하는 사인데 격투기라면 사족을 못 쓸 정도로 좋아했다.

하지만, 그보다 더 관심을 보인 건 서유경이었다.

서유경은 27살로 인기 드라마 '푸른하늘'의 주연을 맡으며 요즘 상종가를 치고 있는 탤런트였다.

완벽한 외모.

방에 들어오는 순간 서광이 비출 정도로 아름다운 여자를 뭐라 부를까.

그녀는 정말 미의 기준으로 봤을 때 완전체에 가까울 정도의 외모를 지니고 있었다.

"오빠, 그 사람 김가을이 좋아하는 사람이라며?"

"저번에 다른 방송국에 나와서 그렇게 이야기했다고 하더라. 왜, 김가을이 이상형으로 꼽았다니까 궁금해?"

"정말 그 사람이 그렇게 멋있어?"

"나도 모르지, 그런데 잘생겼다고는 하더라. 왜, 관심 있어?"

"관심은 무슨… 요즘 하도 강태산, 강태산 하니까 궁금해서 그렇지."

"요즘 그 친구 대한민국 여자들에게 상종가를 치고 있는 모양이야. 여자들의 로망이라는 소리까지 들려."

"호호… 그래봐야 격투기 선수 아니겠어?"

"하긴, 웬만해서 네 눈에 차겠냐. 그래도 기대해 봐. 끝내준다니까."

황재윤의 대답에 서유경의 눈이 반짝 빛났다.

하지만 그녀는 금방 시선을 바꾸며 다른 이야기를 꺼냈다.

"오빠, 오늘은 조금 일찍 끝내줘라. 나 저녁에 약속 있어."

"방송 있는 날에 무슨 약속을 해?"

"영화 섭외 들어왔거든. 감독님이랑 미팅해야 돼."

"네가 상종가긴 상종가인 모양이다. 알았어. 일쩍 끝내볼게."

"고마워, 오빠."

*　　　*　　　*

강태산은 천천히 TCN 방송국으로 걸어 들어갔다.

약속한 시간은 3시.

최유진의 부탁을 받아들인 건 개인적인 감정 때문이 아니었다.

프로그램의 특성을 안 순간 출연을 결심한 것은 반드시 하고 싶었던 말이 있었기 때문이었다.

로비에 들어서자 최유진이 뛰듯 급하게 다가오는 것이 보였다.

"왜 전화 안 받아요?"

"전화했었습니까? 약속 시간에 맞춰서 온다고 했는데 걱정이 많았군요."

"정말 너무해요."

"미안합니다. 제가 전화에 대해서는 꽤나 둔감한 편이라서요."

"지금 모두들 기다리고 있어요. 얼른 가요."

여전히 아름다운 얼굴.

앞장서서 걸어가는 그녀의 뒤태가 가슴을 설레게 만들 정도로 예뻤으나 강태산은 시선을 비껴냈다.

최유진은 그의 칼날 같은 독설에 충격을 많이 받았던 것 같았다.

좋아하는 감정이 생기기 시작한 여자에게는 더 깊어지기 전에 상처를 주는 것이 가장 효과적인 방법이란 걸 너무나 잘 안다.

그녀가 함부로 몸을 굴리거나 자유로운 영혼을 가진 여자였다면 서슴없이 안았을 것이다.

하지만 그러고 싶지 않았다.

최유진을 따라 5층으로 올라가자 그녀에게서 말로만 듣던 국장이 직접 나와 마중을 했다.

"강태산 선수, 반갑습니다. 이렇게 와주셔서 정말 고맙습니다."

"별말씀을요."

"생각 같아서는 차라도 한잔 같이 하고 싶은데 시간이 없군요. 녹화가 끝나고 저녁 식사 어떠십니까?"

"아닙니다. 오늘은 제가 다른 선약이 있습니다."

"아, 정말 아쉽군요. 그럼 다음 기회에 꼭 저녁 한번 드시는 걸로 하지요. 최 기자, 안내해 드려."

국장이 눈짓을 하자 최유진이 손을 내밀어 강태산을 스튜디오로 안내했다.

이미 스튜디오 안에는 방청객과 패널들이 모두 자리를 한 채 그를 기다리는 중이었다.

'오늘의 스타'는 마치 청문회장처럼 세트가 꾸며져 있었는데 한쪽에는 대형 화면이 설치되었고 무대 좌우에 6명의 패널들이 자리를 차지하고 있었다.

방청객의 숫자는 100명으로 한정되어 있었기 때문에 스튜디오는 규모는 큰 편이 아니었다.

강태산이 대기석에 앉자 황재윤의 오프닝 멘트가 시작되었다.

최유진이 출연해 달라고 사정을 하면서 녹화 시간은 길어야 2시간 내외가 될 것이라고 말한 적이 있다.

다른 쇼 프로그램이나 예능 프로그램은 밤을 새우는 경우도 있다고 했지만 '오늘의 스타'는 프로그램의 성격상 녹화 시간이 그리 길지 않다는 설명이었다.

이미 질문에 대한 내용은 입수했기 때문에 나름대로 준비를 해 온 상태였다.

떨리지는 않았다.

첫 방송 출연이었지만 지옥에서 살아 돌아온 그에게 이런 것은 아무것도 아니었다.

스튜디오에서는 그를 소개하기 전 휴 잭맨과의 시합 영상이 대형 화면을 가득 채운 채 상영되고 있었다.

극적인 등장을 노리는 방송국의 기술적인 진행 방식이다.

시합 영상은 휴 잭맨과의 일전에서 하이라이트만 추린 거라 시간이 오래 걸리지 않았다.

드디어 황재윤이 자리에서 일어나 강태산의 등장을 알렸다.

마치 링 아나운서가 선수를 소개하는 것과 비슷한 목소리였다.

"여러분, 현재 격투기계를 평정하며 신화를 써 내려가고 있는 남자를 소개하겠습니다. 15전 15KO승을 거두며 무패의 전적으로 최강의 자리에 도전하고 있는 야차, 강태산 선수입니다."

거대한 북소리.

음향효과임에도 그 웅장함이 스튜디오에 가득 울려 퍼지며 강태산의 출정가인 아리랑이 흘러나왔다.

세심하다. 그리고 냉정할 정도의 효과를 노린 배려다.

강태산이 문을 통해 안으로 들어서자 방청객들이 뜨거운 박수를 보내주었다.

천천히 걸어 들어가 방청객에게 인사를 한 후 황재윤의 안내에 따라 패널들과 악수를 했다.

패널들은 남자가 셋이고 여자도 마찬가지로 세 명을 차지하고 있었다.

그중에는 격투기 중계를 도맡아 하고 있는 양인석과 서정설이 포함되어 있었고 영화배우 도민수와 탤랜트 서유경, 개그맨 이창래, 가수 채종헌 등이었다.

악수를 끝내고 자리에 앉자 황재윤이 방청객들을 향해 과장된 모습으로 입을 열었다.

"여러분, 이분이 강태산 선수입니다. 믿어지십니까. 저는 어디서 잘생긴 영화배우가 나온 줄 알았습니다."

단순한 말 한 마디로 황재윤은 분위기를 풀었다.

관중들의 경직된 마음을 가벼운 농담으로 풀어버리는 그의 진행 방식은 역시 베테랑다운 것이었다.

"강태산 선수, 먼저 이번 세계 타이틀 도전권을 획득한 것 축하드리겠습니다."

"감사합니다."

"시청자 여러분께 먼저 인사 말씀을 해주시면 고맙겠습니다."

"안녕하십니까, 강태산입니다. 그동안 저를 성원해 주셔서 정말 감사드립니다. 앞으로도 멋진 경기를 보여 드리겠습니다."

"그럼 지금부터 강태산 선수에 대한 청문회를 시작하도록 하겠습니다. 강태산 선수, 오늘의 스타가 스타들을 청문하는 프로그램이란 걸 알고 나오셨나요?"

"아뇨, 전혀 모르고 나왔습니다."

"아하, 그럼 우리 제작진이 강태산 선수를 속이고 섭외한 거군요."

"아마, 그런 것 같습니다."

빙그레 웃으며 대답해 주었다.

어차피 진행을 위해 감초처럼 띄우는 멘트에 당황할 이유가 전혀 없었기 때문이었다.

하지만, 그런 반응에 패널들은 물론이고 방청객 쪽에서 커다란 웃음이 흘러나왔다.

강태산의 반응이 너무 여유로웠고 재치가 있었던 모양이다.

그 반응에 고무된 황재윤이 신이 난 듯 방청객을 향해 입을 열었다.

"여러분은 모르시겠지만 강태산 선수는 방송과 언론 쪽에서 신비의 남자라고 알려져 있었습니다. 제가 듣기로는 전화는 물론이고 만나기가 하늘의 별 따는 것처럼 어려웠다고 합니다. 그래서 우리 제작진이 강태산 선수를 속이고 섭외한 게 아닌가 하는 생각이 드는군요."

또다시 터지는 작은 웃음.

하지만 이번에는 황재윤은 멘트를 멈추지 않고 곧장 강태산을 향해 질문을 던졌다.

"강태산 선수, 신비의 남자로 살면서 곤욕을 꽤 치른 것으로 알고 있습니다. 기자들에게 미움도 많이 받았다면서요?"

"기자분들께서 저를 만나지 못하니까 화가 났던 것 같습니다. 하지만, 그때는 시합을 위해 비밀 장소에서 훈련을 하고 있었던 상태라 인터뷰에 응하지 못했던 것뿐입니다."

"기자들 말로는 평상시에도 만나기 어려웠다고 하던데 사실이 아닌가요?"

"사실 맞습니다."

"기자들을 피한 이유가 있었을 텐데 물어봐도 되겠습니까?"

"저는 여행을 좋아해서 시합이 없으면 혼자 떠나는 게 취미입니다. 떠날 때는 핸드폰을 아예 들고 가지 않기 때문에 연락이 되지 않습니다. 저는 여행을 하면서 방해받는 걸 싫어하기 때문입니다."

"결국 일부러 피한 게 아니란 뜻이군요."

"그렇습니다."

사실이 아니었지만 뻔뻔하게 대답했다.

어차피 사실대로 말할 이유가 없으니 이렇게 대답하는 것이 최선이었다.

질문은 패널들이 돌아가면서 계속되었다.

이미 작가들이 만들어놓은 순서에 따라 갖가지 질문들이

연속으로 날아왔다.

시합에 임하는 자세, 상대에 대한 두려움, 싸울 때 느끼는 감정.

훈련하는 방식은 물론이고 승리를 거둔 후 옥타곤에서 인터뷰했을 때의 심정 등 수많은 질문이 계속되었다.

중간중간 강태산이 치렀던 시합 동영상이 거대한 화면에 뜨면서 마치 현장에서 인터뷰가 이루어지는 효과를 내었다.

치열한 난타전.

양인석과 서정설은 마치 중계방송하듯 자신들의 할 일을 주저하지 않았다.

그들의 임무는 동영상이 흐를 때 시청자와 방청객들에게 기술적인 것들을 설명해 주는 것인 모양이었다.

요시다를 KO시킨 후 포효하는 장면에서는 방청객들의 열렬한 박수가 터져 나왔고 구슬땀을 흘리며 훈련하는 장면에서는 탄식이 흘렀다.

'오늘의 스타'가 방영되기 시작한 이후로 방청객들에게 가장 뜨거운 반응이었다.

누군가로부터 끊임없이 질문을 받고 대답을 한다는 것은 결코 쉬운 일이 아니다.

그리고 그런 시간들은 정신없이 흘러간다.

강태산이 원하는 질문들이 나오기 시작한 것은 녹화가 끝을 향해 달려가고 있을 때였다.

차례대로 질문을 이어가던 패널들 사이에서 도민수가 불쑥 입을 열었다.

"강태산 선수, 남자인 제가 봐도 반할 만큼 잘생기셨는데요, 영화배우가 되었어도 충분하셨을 텐데 격투기에 입문하신 이유가 있나요?"

"저의 목표는 처음부터 UFC였습니다. 저는 대한민국의 전사가 얼마나 강한지 세계에 알리고 싶었습니다."

"왜 그런 생각을 하게 되었습니까?"

"우리나라는 세계 7위의 경제 대국이면서 언제나 세계인들로부터 약소국이란 손가락질을 받아왔습니다. 아마, 그것은 주변에 있는 강대국으로부터 900여 차례에 걸친 침략을 받으면서 굳어진 고정관념일 것입니다. 저는 대한민국의 사내로서 그런 것이 정말 싫었습니다. 그래서… 저는, 대한민국의 남자가 얼마나 강한지 세상에 알리고 싶었습니다."

"아… 그렇군요."

질문했던 도민수는 물론이고 패널들과 방청객의 움직임이 순식간에 멈춰졌다.

전혀 예상하지 못했던 답변.

개인의 영달을 위한 싸움이 아니라 대한민국을 위해 혼신의 힘을 다해 싸운다는 강태산의 말에 사람들은 충격을 받은 모양이었다.

잠시 동안의 충격이 멈춰지고 사람들 사이에서 웅성거리는 소리가 흘러나왔다.

이대로라면 방송에 지장이 생길 정도의 소란이었다.

노련한 황재윤이 중간에서 끼어들며 대본에도 없던 질문을 던진 것은 방송을 원활하게 진행하기 위한 행동이었다.

"강태산 선수, UFC에서 활동하면서 꽤나 커다란 대전료를 받은 것으로 알고 있는데 어떠십니까. 좋은 차라도 사셨나요?"

재치 있는 질문.

소란을 잠재우고 본래의 예능 프로그램으로 돌아가기 위한 전형적인 조크였다.

하지만, 강태산은 빙그레 웃으며 그의 질문을 이어받았다.

"제가 받는 대전료는 매니저 비용과 꼭 필요한 돈을 제외하고 전부 사회에 환원하고 있습니다. 그래서 차를 살 수는 없습니다."

"그게 무슨 말씀입니까?"

"돈이란 필요한 곳에 쓰라고 아버님께 배웠습니다. 필요한 곳에 쓴다는 것은 쓰고 나서 후회하지 않는 것이라 배웠기에 저는 대전료로 받은 돈은 대부분 불우한 사람들을 위해 기탁하고 있습니다."

"정말… 인가요?"

"제가 부끄러움을 무릅쓰고 이런 말씀을 드린 것은 가진 자들이 없는 사람들을 위해 서슴없이 돕는 사회가 되어야 한다는 것을 알리고 싶었기 때문입니다. 우리나라 사회는 아직도 노블리스 오블리주란 단어를 모르는 재벌들이 너무나 많습니다. 진정으로 건전한 사회가 되려면 있는 사람들이 자식들에게 부를 물려주는 것이 아니라 사회를 위해 헌신해야 된다는 게 저의 생각입니다. 저는 피 흘리며 싸운 돈을 앞으로도 없는 사람들을 위해 내놓을 생각입니다. 제 신념이 대한민국에 통할 수 있는 그날까지 말입니다."

질문을 했던 황재윤의 얼굴이 붉어졌다.

그러나 그것은 황재윤뿐만이 아니라 패널들 전부에게 해당되는 내용이었다.

방송의 원활한 진행을 위해 시도했던 재치 있는 질문이 또 한 번 스튜디오를 침묵 속으로 빠지게 만들었다.

일개 격투기 선수의 생각이 기가 막힌다.

도대체 강태산이란 인간의 삶의 방식은 어떤 것이란 말인가.

그토록 노련했던 황재윤이 주춤거리자 밖에서 프로그램을 지휘하던 PD가 미친 듯 손가락을 돌렸다.

정신 차리고 진행을 계속하라는 사인이었다.

이번에 바통을 이어받은 건 격투기 중계를 맡고 있는 양인석이었다.

"강태산 선수, 이제 커다란 시합을 끝내고 휴식을 취하셔야 할 텐데 이번에는 어디로 여행을 떠나실 생각입니까?"

"이번에는 여행을 떠나지 못할 것 같습니다. 스튜디오에 오면서 한 통의 전화를 받았으니까요. 전화는 UFC의 톰슨 회장으로부터 온 것이었습니다. UFC 463, 그러니까 지금부터 3달 후 저는 세계 챔피언 맥도웰과 타이틀전을 벌이는 것으로 결정되었습니다."

"그게… 정말입니까?"

양인석이 질문했는데 기가 막힌다는 얼굴로 소리를 지른 건 서정설이었다.

격투 전문가인 서정설은 타이틀전이 벌어지기까지 최소 6개월 이상이 걸릴 거라는 예상을 텔레비전을 통해 수없이 말했는데 말도 안 되는 시간에 타이틀전이 벌어진다는 소리를 듣자 황당한 표정을 짓고 있었다.

연속으로 거듭되는 충격.

스튜디오로 오면서 전화를 받았다면 이 사실은 지금 처음으로 공개되었다는 것을 의미하는 것이었다.

특종.

강태산으로 인해 격투기의 회오리바람이 몰아치고 있는 지금 그의 세계 챔피언 타이틀전 소식이라는 완벽한 특종을 '오늘의 스타'가 문 것이다.

그랬기에 PD와 뒤쪽에서 지켜보던 국장은 미친 듯 소리를 지르며 황재윤과 패널들을 향해 계속 하라는 사인을 날려댔다.

"장소는… 장소는 결정된 겁니까?"

"뉴욕에 있는 메디슨 스퀘어가든에서 열리는 것으로 알고 있습니다."

"챔피언인 맥도웰은 지금까지 한 번도 패배하지 않은 막강한 챔피언입니다. 강태산 선수, 저희는 강태산 선수가 반드시 이겨주기를 바라고 있습니다. 하지만 상대가 너무 강한데 맥도웰을 이길 비책은 세웠습니까?"

"저는 아까 말씀드린 대로 대한민국의 사나이가 얼마나 강한지 세상에 알리기 위해 옥타곤에 선 사람입니다. 다른 비책은 없습니다. 그동안 싸워왔던 대로 오로지 인파이팅으로 승부를 볼 겁니다. 한 치도 물러서지 않는 투지. 그것이 제가 가지고 있는 비책입니다."

"그렇다면 훈련은 언제부터……."

막상 맥도웰과의 타이틀전이 잡혔다는 사실이 밝혀지자 양인석과 서정설의 질문이 쏟아져 나오기 시작했다.

프로그램 녹화가 마무리되는 시간이라 다른 패널들의 질문은 끝난 지 오래였지만 국장이 직접 수신호까지 하면서 계속 진행하라는 사인을 보내왔기 때문에 황재윤은 멍하니 앉아 세 사람의 대화를 지켜보는 수밖에 없었다.

얼마나 시간이 지났을까.

양인석과 서정설의 계속되던 질문은 한참이나 진행된 후 서서히 멈춰졌다.

예정된 녹화 시간에서 훨씬 많은 시간이 지난 후라 국장이 이제 끊어도 좋다는 사인을 보내왔기 때문이었다.

그동안 조용히 앉아 있던 서유경이 급히 질문을 던진 것은 국장의 신호를 받은 황재윤이 마무리 멘트를 하기 위해 입을 열 때였다.

"강태산 선수, 혹시 사귀는 사람 있나요?"

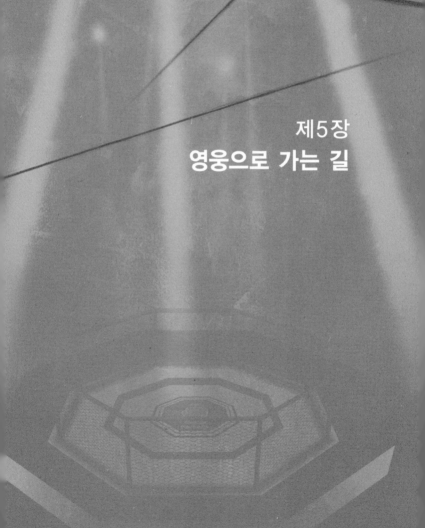

제5장
영웅으로 가는 길

아름다운 여자다.

프로그램이 진행되면서 저절로 눈이 갈 정도로 스튜디오를 환하게 밝히던 여자의 외모는 정말 소름 끼칠 정도였다.

최유진도 아름다웠지만 그녀의 외모는 그야말로 독보적이라고 말할 수 있을 만큼 아름다웠다.

하지만, 강태산은 그녀의 질문을 받고도 얼굴색 하나 변하지 않았다.

"아직 없습니다."

"정말 잘생기셨는데 왜 없죠? 혹시 사귀다가 헤어진 건가요?"

"싸우는 사람은 여자에게 인기가 없습니다. 저는 그래서 인기가 없었던 모양입니다. 더군다나 훈련을 해야 했고 여행을 좋아해서 여자를 사귀지 못했습니다."

"아… 그렇군요."

인정하지 못할 대답이다.

그럼에도 서유경은 의문을 접고 가볍게 고개를 끄덕이고 말았다.

메인MC석에 있는 황재윤이 그만하라는 눈짓을 계속 보내왔기 때문이었다.

황재윤의 프로그램 마무리 멘트가 끝나자 강태산이 자리에서 일어나 방청객들을 향해 인사를 했다.

우레와 같은 박수.

방청객들은 그가 자신들을 향해 무대의 중앙으로 나와 정중하게 인사를 하자 누가 먼저랄 것 없이 기립해서 박수를 보내주며 환호성을 질렀다.

강태산의 출연분은 한 주 후에 방영하는 것으로 계획된 것이었으나 TCN은 긴급회의를 거쳐 이번 주로 예정되어 있던 영화배우 송나연의 것을 뒤로 미루고 녹화 하루 뒤인 수요일에 전격적으로 방송을 내보냈다.

그러고는 대대적인 예고 방송을 때렸다.

무려 이틀 동안 15회에 걸친 예고 방송을 골든타임대에 터뜨렸던 것이다.

자신들이 운 좋게 얻어낸 특종을 선점하기 위한 전략이 포함된 예고 방송이었다.

그들은 강태산의 챔피언 타이틀전이 3개월 뉴욕에서 벌어진다는 특종을 예고 방송을 통해 여과 없이 터뜨려 버렸다.

강태산이 출연한 '오늘의 스타'는 평소보다 무려 20분이나 더 긴 편성으로 맞춰졌다.

TCN의 국장은 아주 작정하고 강태산을 띄우려 마음먹었던 모양이었다.

프로그램의 시청률은 다시 한 번 대박을 터뜨렸다.

평소 시청률이 8%대를 찍었던 '오늘의 스타'는 무려 17%를 기록했던 것이다.

방송을 본 사람들의 반응은 뜨거움을 넘어서 열광적이었다.

방송이 끝나자 각종 포털 사이트와 SNS는 온통 강태산의 이야기로 도배가 되었다.

개인의 영달을 위해 싸우는 것이 아니라 대한민국의 강함을 보여주기 위해 싸운다는 그의 말은 열강들의 틈바구니에서 언제나 눈치를 봐야 했던 국민들의 마음속에 커다란 반향을 불러일으켰다.

그뿐만이 아니었다.

피 흘리며 싸워서 번 돈을 없는 사람들을 위해 전부 내놓겠다는 강태산의 행동에 모든 국민들은 박수를 아끼지 않았다.

* * *

은정은 광고 전문 회사 '미디어 엠'에 다니고 있었다.

'미디어 엠'은 대한민국에서 다섯 손가락에 꼽힐 정도로 규모가 컸고 지금까지 광고대상을 13번이나 타낼 정도로 기획력도 우수한 회사였다.

입사 3년 차인 은정은 광고기획부에 근무하고 있었는데 워낙 일을 똑 부러지게 했기 때문에 상사들에게 인기가 좋았다.

광고 회사는 그 특성상 여직원의 숫자가 남직원의 수와 비슷했다. 세심함과 창의력이 생명인 광고는 남자들보다 오히려 여자들에게 더 적합한 일인지도 모른다.

은정이 출근해서 자리에 앉자 단짝으로 지내는 현정미와 정연숙이 손짓을 해왔다.

아침 커피를 마시자는 신호였다.

그녀는 빙그레 웃고 가방을 정리한 후 그녀들을 따라 나갔다.

현정미와 정연숙은 나이도 같았고 입사도 같이 했기 때문에 회사 내에서 죽고 못 사는 사이들이었다.

　그녀들이 은정을 끌고 간 것은 복도 맨 끝에 위치하고 있는 휴게실이었다.

　"은정아, 너 오늘따라 예쁘다. 무슨 일 있어?"

　"무슨 일은. 낭군님도 없는데 내가 치장할 일이 뭐가 있겠냐."

　"호호, 계집애. 그런데 넌 왜 남자친구 안 사귀는 거니?"

　"내가 남자 사귈 시간이 어디 있냐? 바빠 죽겠는데."

　"웃겨, 일 때문에 남자 못 사귄다는 말이 제일 멍청한 변명이라더라."

　"은정아, 디자인부의 김현성 과장 괜찮지 않아?"

　현정미가 입술을 삐죽이자 이번에는 정연숙이 나섰다.

　김현성은 최근 들어 부쩍 은정에게 관심을 보이는 남자였는데 디자인부의 핵심 브레인으로 꼽힐 정도로 유능한 직원이었다.

　하지만 은정은 그녀의 질문에 그저 피식 웃기만 했다.

　"괜찮은 사람이야. 그러니까 연숙이 네가 꼬셔봐."

　"너 좋다는 사람을 왜 나한테 갖다 붙여!"

　"그 사람은 내 스타일이 아니야."

　"얼씨구, 그럼 누가 네 스타일인데?"

"그걸 내가 잘 모르겠단 말이지."

"김현성 과장처럼 잘생긴 사람도 눈에 차지 않으면 도대체 누가 마음에 드는 거냐? 얘, 정말 큰일이네."

정연숙이 혀를 열심히 차는 걸 보며 은정이 힘없는 웃음을 지어 보였다.

오빠에 대한 마음을 접은 지 꽤 오래되었으나 강태산을 볼 때마다 가슴이 자꾸만 젖어든다.

잘생기지 않은 남자.

김현성보다 훨씬 나쁜 조건을 가진 오빠.

그럼에도 그녀의 마음은 언제나 강태산을 바라보고 있었다. 현정미의 입이 열린 건 은정이 웃음을 지우며 커피 잔을 입으로 가져갈 때였다.

"강태산 선수는 어떠니?"

"무슨 소리야?"

"어제 오늘의 스타에서 강태산 선수가 나왔는데 그 사람 정말 완전 멋있어. 텔레비전을 보면서 가슴이 막 뛰더라니까."

"난 텔레비전은 못 봤지만 포털 사이트에서 봤다. 정말 그림이 근사하던데 은정이 너는 못 봤니?"

"난 직접 봤다."

"얘가 사기 치고 있어. 네가 어디서 강태산 선수를 직접 봐?"

"그 사람 시합 때문에 출국하는 걸 공항에서 본 적 있어."

"진짜야?"

"그래."

"직접 보니까 어떻디? 화면처럼 잘생겼어?"

"잘생기긴 했더라. 몸매도 근사하고."

"아우, 미치겠네. 넌 어쩌면 그렇게 운이 좋니!"

정현숙이 부러워 죽겠다는 표정으로 은정을 바라보았다.

어이없게도 그녀는 벌써 강태산의 팬이 되어 있었던 모양이었다.

하지만, 그것은 현정미도 비슷했다.

"그 사람 텔레비전에 나와서 한 말이 대박이야. 지금 그것 때문에 사람들이 난리잖아."

"무슨 말을 했는데?"

텔레비전을 보지 못한 은정이 의아한 표정으로 묻자 현정미가 한심하다는 표정을 지었다.

"넌 출근하면서 핸드폰도 안 봐? 온통 그 사람이 한 말 때문에 난리가 아닌데?"

"까불지 말고 이야기나 해봐."

"격투기에 입문한 건 대한민국이 얼마나 강한지 세계에 보여주기 위한 거래. 그리고 자신이 번 돈은 전부 불우한 사람들을 위해 썼다고 하더라."

"재밌는 사람이네."

"그냥 재밌는 게 아니야. 아침에 출근했더니 벌써 우리 부장님이 거품을 물고 있었어. 사람들의 반응이 폭발적이었거든. 어젯밤부터 기업들로부터 강태산 선수를 자기들 광고에 출연시킬 수 없겠냐는 문의가 빗발치고 있는 중이란다. 그래서 부장님이 아침에 사장님한테 그 사람을 무조건 잡아야 한다고 보고하셨대."

"하이고, 또 일 생겼구만."

"곧 오더가 내려올 거야. 그러니까 은정이 너 긴장해야 될 걸?"

"내가 왜?"

"광고 모델 섭외는 너네 부서 담당이잖아."

"높은 사람들이 알아서 하겠지."

"하긴 뭐 우리가 그런 일 한두 번 해보나? 그 사람보다 훨씬 톱스타들도 섭외했는데 걱정할 일은 아니겠다."

"아, 참. 그 사람 아직 애인이 없다던데."

"헤어진 거겠지."

"아냐, 한 번도 사귀어보지 않았대."

"나이가 몇 갠데 여자를 못 사귀어봐?"

"그 사람 여행을 무척 좋아해서 훈련이 없으면 무조건 여행을 떠난다고 했어."

"말도 안 되는 변명이잖아."

"어쨌든 여자친구가 있으면 그런 대답을 했겠어? 그러니까 은정아, 너 혹시 그 사람 섭외하게 되면 나한테 기회를 주라."

"무슨 기회?"

"넌 남자한테 관심 없지만, 난 무지무지 관심 많거든. 특히 강태산 선수 말이야."

"꿈 깨, 바보야. 그 사람 3개월 후에 타이틀전 벌인다잖아. 아마, 광고를 찍어도 시합이나 끝나고 나서일 거다."

"누가 뭐래? 난 1년도 좋고 3년도 기다릴 수 있어. 그러니까 그런 기회가 오면 소개나 해달란 말이지."

현정미의 통박에 정연숙이 익살스러운 표정을 지었지만 은정은 맞장구를 치며 웃어줄 수가 없었다.

정말 혼란스러운 일이다.

강태산.

자신이 알고 있는 오빠의 이름.

사춘기를 지나면서부터 남몰래 좋아하며 가슴속에 새겨놓았던 이름이었다.

그런데 또 다른 강태산이 자꾸 거론되며 자신을 헛갈리게 만들고 있었다.

여행을 좋아한다고.

그래 우리 오빠도 여행을 좋아해서 여행사에 근무하며 항상 긴 여행을 떠나곤 했다.

두 사람.

뭔가 모를 동질감이 두 사람 사이에서 자꾸만 느껴지는 건 무슨 이유일까?

*   *   *

강태산은 텔레비전에 출연한 후 김 관장의 전화를 받았다.

이번에도 역시 김 관장은 불같이 화를 내며 자신에게 먼저 보고하지 않은 것에 대한 불평을 늘어놓았다.

여전한 협박.

능력이 없어 매니저 못 해먹겠으니 다른 데로 가라는 협박은 똑같이 반복되었다.

그러나, 그런 협박은 언제나 그렇듯 넉살 좋은 강태산에게 먹히지 않았다.

―언제부터 시작할 거냐?

"관장님, 훈련은 한 달 후부터 할 예정입니다."

―인마, 왜 한 달 후야. 당장 시작해야지!

"사정이 있어서 그래요."

―다른 시합도 아니고 타이틀전이다. 사정은 무슨 사정!

"몸이 좋지 않아요."

―다친 거냐? 휴 잭맨 때 부상 입은 거야?

"아무래도 그런 것 같아요. 허리가 결리는 게 당분간 병원에 다니면서 치료를 해야 될 것 같습니다."

―야, 이 미친놈아. 그런데 무슨 시합을 한다고 그랬어? 안 되겠다. 먼저 시합부터 연기하자.

"큰 부상은 아니니까 금방 회복할 수 있을 겁니다. 이번 기회를 놓치면 언제 올지 모르잖습니까. 그러니 고정하시고 제 말대로 한 달만 시간을 주세요."

―으, 미친놈아. 병원도 안 갔다면서 큰 부상인지 아닌지 네가 어떻게 알아?

"제 몸은 제가 잘 압니다. 그냥 욱신거릴 뿐이에요."

―으…….

"제가 한 달 후에 체육관으로 나가겠습니다."

강태산은 그날부로 세상에서 사라졌다.

민다영과 하숙집에는 고향에 다녀오겠다는 말로 변명을 해서 안심을 시켰다.

고향의 어른들이 조상들의 선산을 전부 정리하라는 지시를 내렸다고 변명을 늘어놓자 그들은 고개를 갸우뚱하면서도 고개를 끄덕여 주었다.

집을 나와 백화점의 등산 코너로 들어가 텐트와 배낭을 산

후 당분간 먹을 음식을 가득 채웠다.

최근 들어 현천기공을 운공할 때마다 머리가 깨질 듯이 아파오는 것이 느껴졌다.

지금까지 단전에서 시작된 내공은 아문, 풍부, 뇌호를 거쳐 강간에 도달하면 철벽에 가로막힌 듯 되돌아왔었다. 그러나 계속된 수련으로 점점 강해진 내공 때문에 한 달 전부터 내공이 그냥 돌아오지 않고 지속적으로 강간혈을 때리기 시작했던 것이다.

그런 현상이 벌어진 후부터 현천기공을 운용할 때마다 엄청난 고통을 느껴야 했다.

지금까지 휴 잭맨과의 경기를 위해 참고 견뎠으나 이제는 그냥 넘어갈 일이 아니었다.

칠성에 머물고 있던 현천기공이 변하고 있었다.

끝없이 지속되었던 수련이 그동안 철벽처럼 가로막고 있던 강간혈을 송곳처럼 두드리는 것은 내공이 팔성에 도달하고 있다는 걸 의미했다.

10년 동안 무림에서 활동할 때 무적의 고수들이 깨달음을 얻어 초절정의 경지로 들어갔다는 것을 여러 번 들었다.

초절정의 경지로 들어선다는 의미는 강간혈을 깨고 일월합벽(日月合闢)에 도달한다는 것이다.

천운이다.

자신은 현실로 돌아온 후 끊임없는 노력 끝에 무림에서 이루었던 경지보다 더 깊은 칠성까지 현천기공을 끌어 올렸으나 벌써 몇 년째 진전을 보이지 못하는 상태였다.

그랬기에 두말없이 짐을 싸고 지리산으로 향했다.

현천기공이 팔성에 이르면 진정한 초인으로 거듭난다.

한월은 검기를 뿜어낼 것이고 태을경공은 지금보다 수배나 빨라서 일반 사람들의 눈에는 보이지도 않을 것이다.

세계 타이틀전도 중요했지만 현천기공을 팔성으로 끌어올리는 것은 그와 비교할 수조차 없을 만큼 엄청난 일이었다.

그가 현천기공을 팔성으로 끌어 올리는 순간 대한민국은 핵무기보다 더 무서운 비밀 병기를 보유하게 될 테니 말이다.

＊　　　＊　　　＊

지리산에서의 한 달.

이름 모를 동굴을 찾아 들어간 후 산 아래를 내려간 것은 불과 다섯 번.

한겨울의 지리산은 눈으로 덮여 있어 등산로를 가끔가다 오가는 사람들을 제외하고는 인적이 드물었다.

더군다나 강태산이 자리를 튼 동굴은 암벽이 길게 늘어선 서쪽 능선에 위치했기 때문에 아무도 찾지 않는 곳이었다.

한번 운공에 들어가면 하루를 꼬박 지새웠다.

내공이 강간혈을 향해 미친 듯 부딪칠 때마다 생성되는 고통은 지금까지 당했던 어떤 고통보다 무서운 것이었다.

그럼에도 강태산은 이를 악물고 현천기공을 운용했다.

철벽처럼 가로막았던 강간혈에 서서히 균열이 가기 시작한 것은 지리산에 들어온 지 보름 만의 일이었다.

균열이 갈수록 고통은 점점 심해져만 갔다.

포기하고 싶은 마음이 미녀가 옷을 벗고 손짓하는 것처럼 강렬한 유혹으로 다가왔으나 강태산은 그때마다 피가 배어나올 정도로 입술을 깨물었다.

여기서 멈추면 주화입마에 걸려 반신불수가 될 가능성이 너무나 컸다.

주화입마.

내공의 경지를 극복하지 못한다 해서 모두 주화입마에 걸리는 것은 아니었다.

하지만, 강태산의 지금 상황은 그럴 가능성이 컸다.

이미 강간혈이 균열을 보인 이상 어떤 일이 있어도 끝장을 보지 않으면 현천기공을 쓸 때마다 몸을 제어하지 못할 정도의 고통이 일어나 언젠가 그를 죽음으로 몰아넣을 것이다.

보름이 지난 후부터 강태산은 침식마저 잊은 채 현천기공의 운용에 몰두했다.

강간혈의 균열이 지속될수록 운공 시간이 점점 늘어났다.

눈을 떠보면 삼 일이 흘렀고 눈을 감으면 다시 삼 일이 지났다.

그리고 어느 순간.

강간혈이 무너지며 머릿속에서 하얀 광채가 터졌다.

만물의 이치가 한눈에 들어왔고 강간혈을 통과한 내공은 끝이 없는 우주를 헤매는 양 광대한 공간을 향해 한없이 뻗어 나갔다.

몸이 뜬다.

강간혈을 통과해서 거센 파도처럼 움직이던 내공이 뇌호와 풍부를 거쳐 다시 단전으로 돌아가는 순간 강태산의 몸은 땅에서 반 장이나 떠오르며 환한 빛을 뿜어냈다.

무아의 경지.

얼마나 시간이 지났을까.

땅에서 치솟았던 강태산의 몸이 서서히 가라앉았다.

그를 감싸고 있던 빛 무리가 점점 엷어지다가 모든 빛을 잃었을 때 강태산의 눈이 떠졌다.

더없이 가라앉은 눈.

그의 눈은 마치 북극성처럼 윤이 났고 빛이 흘러 수정을 보는 것처럼 느껴질 정도였다.

수염을 깎지 않아 얼굴의 반을 덮을 정도였고 제대로 씻지 않았기 때문에 이물이 잔뜩 묻어 있었으나 강간혈을 깨뜨린 후 변해 버린 눈 하나만으로도 그의 몸에서는 고귀함이 저절로 흘러나왔다.

강태산은 지리산을 내려와 몸을 깨끗이 씻고 옷을 갈아입었다.

그의 얼굴은 하숙생의 얼굴로 바뀌었는데 왠지 모르게 분위기가 변해 있었다.

단지 착하게만 보였던 그의 얼굴에는 귀티가 흘렀다.

얼굴은 그대론데 변화된 눈 하나로 발생된 현상이었다.

강태산은 차편을 이용하지 않고 태을경공을 펼쳐 서울로 향했다.

현천기공이 활성에 오른 이상 자신의 능력을 시험해 보고 싶었기 때문이었다.

바람처럼 움직였고 얼마나 빠른지 신형조차 보이지 않아 사람들은 그가 스쳐 지나가도 알아보지 못했다.

초인.

인간의 범주를 벗어난 사람을 부르는 이름.

지금의 강태산은 초인이라 불러도 손색이 없을 만큼 강해져 있었다.

그는 집으로 돌아와 권 여사에게 인사를 하고 피곤하다는 핑계를 댄 후 잠에 빠져들었다.

거의 한 달간 제대로 된 잠을 이루지 못했기 때문에 침대에 눕자 깊은 수면의 세계로 빠져들었다.

얼마나 잤을까.

"오빠, 그만 일어나. 밥 먹어야지!"

귀청을 울리는 소리에 강태산은 스르륵 눈을 떴다.

침대 옆에는 은정이 손을 허리에 척 걸친 채 눈을 부라리고 있었다.

"너 왜 집에 있어?"

"웬 뚱딴지같은 소리야. 퇴근했으니까 집에 있지, 왜 있겠어?"

강태산의 질문에 은정의 눈이 더욱 커졌다.

한 달 만에 집에 돌아와서 시체처럼 잠들었던 강태산이 엉뚱한 소리를 하자 기가 막힌 모양이었다.

하지만, 강태산의 입장에서는 당연한 일이었다.

아침 10시에 도착해서 잠깐 눈을 붙였을 뿐인데 창밖은 이미 어둠 속에 사로잡혀 있었다.

"지금 몇 시야?"

"저녁 7시 반이 넘었어. 세상에 10시간이나 자는 사람이 어디 있니?"

"오빠가 피곤해서 그래. 시골에서 막노동을 한 달이나 했더니 온몸이 쑤셔."

"하여간 일단 일어나. 밥부터 먹고 얘기해."

은정이 먼저 몸을 돌렸고 그 뒤를 강태산이 따랐다.

이미 식당에는 식구들이 전부 모여 강태산을 기다리는 중
이었다.

불고기.

권 여사는 오랜만에 돌아온 강태산을 위해 불고기를 불판
위에 올려놓고 있었다.

"역시 우리 이모. 너무 멋있어. 내가 불고기 먹고 싶어 하는
거 어떻게 아셨어요?"

"호호, 그거야 내 전공이잖아."

"오빠가 언제는 불고기 싫어했냐. 말도 안 되는 소릴 하고
있어."

권 여사의 웃음에 은영이 쌍지팡이를 들고 나섰다.

은영은 오후 3시에 집으로 돌아왔지만 강태산이 침대에서
퍼질러 자는 것을 확인하고 지금까지 그가 깨기를 기다렸기
때문에 약이 오른 상태였다.

하지만, 그런 상황을 모르는 강태산은 은영을 바라보며 입
술을 주욱 내밀었다.

"사랑하는 오빠가 오랜만에 왔는데 오자마자 시비냐."

"세상에 10시간이나 잠자는 사람이 어디 있어? 시골에서 맨

날 밤새웠냐?"

"너무 열심히 일했더니 피곤해서 죽을 지경이야. 산소를 스무 개나 이장했거든."

"왜 그걸 오빠가 해?"

"나 혼자 한 거 아니야. 숙부님들하고 사촌 형들이 같이 했어."

"우와, 사람을 쓰지 그랬냐?"

"할아버지께서 조상들의 묘는 사람을 써서 이장하는 게 아니라고 하는 바람에 어쩔 수가 없었다."

"그래도 요즘 날씨 엄청 추웠는데… 고생했겠다."

"응."

"그런데 오빠 이상해."

"뭐가?"

"내 눈이 삐었나. 왜 오빠가 잘생긴 걸로 보이지? 언니야, 안 그러니?"

"그 얼굴이 그 얼굴이지 뭐. 잘생기긴 뭐가 잘생겨."

은정이 단박에 부정을 했다.

하지만 은정 역시 강태산을 바라보며 연신 고개를 갸웃거리는 중이었다.

뭔가 분위기가 달랐다.

그리고 은영의 말처럼 예전보다 훨씬 잘생긴 것처럼 보였다.

현수가 중간에서 툭 하고 나선 것은 권 여사가 방글거리며 웃을 때였다.

"누나들이 몰라서 그렇지 형이 못생긴 얼굴은 아니었다. 그런데 요즘 들어와서 점점 인물이 사는 것 같아. 형, 머리 깎았어?"

"안 깎았는데."

강태산이 고개를 흔들자 은영이 답답하다는 듯 소리를 쳤다.

"그럼 뭐지? 왜 오빠가 멋있게 보이는 거냐고. 혹시 쌍꺼풀 생긴 건가!"

"네가 시집갈 나이가 돼서 그래. 시집갈 나이가 되면 모든 남자들이 잘생겨 보인다더라."

그녀의 고함에 강태산이 넉살을 떨자 권 여사가 까르르 웃었다.

권 여사의 웃음에는 기쁜 감정이 담겨 있었다.

"그게 아니고 태산이 네가 장가갈 나이가 돼서 그런 거야. 사랑에 빠진 남자는 빛이 난다고 들은 적이 있는데 태산이가 그런 모양이다. 내가 봐도 오늘 보니까 태산이 정말 잘생겼네. 다영이랑 연락은 했니?"

"아직요."

"전화를 안 했어?"

"내일 할 거예요."

"그러면 안 돼. 다영이가 기다리고 있을 텐데 먼저 전화라도 줘. 넌 어째 여자 마음을 그렇게 모르니."

"알았어요. 밥 먹고 할게요."

"우리 오빠 완전 연애에는 빵점이야. 저런 남자가 뭐가 좋다고 다영이 언니는 좋아하는 걸까?"

"잘생겼다고 하더니 금방 말을 바꾸냐."

"오빠야, 여자 마음 아프게 하면 오뉴월에도 서리가 내린다고 했다. 그러니까 제발 정성 좀 기울여."

"알았다고!"

"그런데, 태산아. 다영이랑 밥 먹기로 한 거는 언제 할 거니?"

"제가 조금 바빠서 시간을 봐야 할 것 같아요."

"얼씨구, 바쁜 사람이 한 달이나 휴가를 내고 시골에 갔다 오냐. 오빠는 정말 이상해."

"아니야, 나. 정말 바쁜 일이 있어."

"무슨 일인데?"

"두 달 후에 전국대학연맹에서 아프리카로 봉사 활동을 떠나는데 내가 그 일을 맡았다. 그래서 눈코 뜰 새 없이 바빠질 거야."

"그렇다고 밥 한 끼 못 해?"

"내가 언제 못 한다고 했어. 시간을 만들어야 된다고 했지."

"그게 그 말이잖아."

"알았다, 알았어. 다영 씨랑 의논해서 날짜 정할게. 됐지?"

"진작 그렇게 나올 것이지 까불구 있어."

은영이 승리의 브이자를 들어 올리자 식구들의 얼굴에서 전부 웃음이 맴돌았다.

하지만 은정의 얼굴은 웃음 속에서도 흐려져 있었다.

만나고 싶지 않은 사람.

민다영은 그녀에게 그런 사람이었다.

비록 강태산의 행복을 위해 자신의 마음을 접기 위해 노력하고 있으나 은정은 웃는 얼굴로 민다영을 만날 자신이 없었다.

현천기공이 팔성에 오르면서 초인의 길에 들어섰으나 내공을 운용하지 않으면 평범한 육체로 돌아간다.

마음이 움직이면 내공이 움직이는 단계로 오래전에 들어섰기 때문에 위기에 봉착하면 현천기공이 전신을 감싸지만 강태산은 격투기를 하면서 한 번도 그런 적이 없었다.

오로지 순수한 육체의 힘으로 싸운다는 약속을 지키고 싶었다.

그리고 또 하나의 이유는 현존 최강의 전사들과의 싸움을 통해 살아가는 의미를 찾기 위함이었다.

초인이 느끼는 공허함.

살귀가 되어 무림을 떠돌았고 청룡의 수장이 되어 수많은 사람을 죽여야 하는 자신의 삶 속에서 격투기는 사막에서 떨어지는 한 줄기 물방울과 같은 것이었다.

강태산이 만덕체육관에 나타났을 때 기자들은 마치 귀신을 본 것처럼 눈을 부릅떴다.

대한민국을 들쑤셔 놓은 채 한 달간이나 행방불명되어 버렸으니 기자들의 입장에서는 미치고 환장할 노릇이었을 것이다.

김만덕이 기자들의 성화에 못 이겨 한마디 한 것이 빌미가 되어 언론은 난리가 나 있었다.

강태산이 휴 잭맨과의 경기에서 부상을 입었기 때문에 치료를 하느라 훈련을 시작하지 못했다는 뉴스가 전 언론을 통해 쏟아져 나갔다.

김만덕은 사태가 커지는 걸 보고 자신의 말을 주워 담기 위해 갖은 애를 썼으나 기자들은 승냥이와 비슷한 존재들이었다.

그들은 언론이 동원할 수 있는 모든 정보망을 동원해서 강태산이 갈 만한 병원을 찾느라 한 달 동안 발이 땀나도록 뛰어다녔다.

하지만, 그들은 어디에서도 강태산을 찾지 못했다.

심지어는 외국의 특파원들에게까지 연락해서 강태산의 행적을 찾았으나 강태산은 구름 속으로 들어가 버린 용처럼 세상에서 모습을 감추었다.

속이 새카맣게 탈 수밖에 없었다.

현재 대한민국의 핫이슈인 강태산이 귀신처럼 사라져 버렸으니 기자들은 매일같이 데스크에 변명을 하느라 몸이 늘어질 정도였다.

특히 JYN 측은 거의 모든 데스크가 미칠 지경이었다.

타이틀전 생방송을 따낸 그들의 입장에서 만약 강태산이 부상 때문에 경기에 지거나 취소가 된다면 커다란 타격을 입기 때문이었다.

강태산은 체육관에 도착했지만 문을 열고 들어서지 못했다.

기자들은 마치 인간 방벽처럼 그의 앞을 가로막고 비켜주지 않았다.

"강태산 선수, 도대체 어디 가셨던 겁니까?"

"여행을 갔다 왔습니다."

"여행을요? 정말입니까? 김 코치의 말로는 몸이 아파서 병원에 다녔다고 하던데요?"

"허리가 조금 아팠던 건 사실입니다. 휴 잭맨과의 시합을 끝내고 무리하게 일정을 소화하다 보니 몸에 무리가 갔던 모양입니다. 그래서 모든 것을 잊고 휴식을 취하기 위해 여행을 떠났던 겁니다."

"어디로 말입니까?"

"지리산과 설악산, 월악산 등을 다녀왔습니다. 휴식도 취할 겸 체력보완을 위해서 등산을 했습니다."

"우리는 강 선수가 몸에 문제가 생겨서 나타나지 못하는 걸로 걱정했습니다. 그렇다면 지금부터 훈련을 하실 생각입니까?"

"그렇습니다."

"이제 타이틀전이 두 달밖에 남지 않았습니다. 시간이 부족하지 않을까요?"

"두 달이란 시간은 꽤 긴 시간입니다."

"맥도웰은 무적의 챔피언입니다. 강태산 선수는 스스로 승률을 얼마나 보십니까?"

"그가 훌륭한 챔피언이란 건 저보다 기자님들이 더 잘 아실 겁니다. 하지만 저 역시 강합니다. 저는 이번 타이틀전에서 후회 없는 경기를 할 것입니다."

"훈련은……."

기자들의 질문은 체육관 문이 열리며 김만덕이 뛰쳐나올 때까지 계속되었다.

강태산은 차분한 모습으로 기자들의 답변에 하나씩 대답을 해주었다.

변화된 모습.

언제나 신비롭게 사라지던 강태산은 타이틀전이 다가오자 기자들에게 자신의 모습을 있는 그대로 보여주고 있었다.

강태산이 훈련을 시작하자 기자들은 마치 중계방송하듯 카메라를 돌렸다.

그들은 강태산이 정말 아프지 않다는 걸 보여주기라도 하듯 샌드백을 두드린 후 김만덕과 섀도복싱하는 장면을 정신없이 찍어댔다.

아마, 찍은 화면들은 오늘 뉴스에 대서특필될 게 분명했다.

기자들이 모두 떠난 후에도 최유진과 김숙영은 자리를 뜨지 않았다.

특히 김숙영은 강태산이 움직일 때마다 따라다니며 일거수일투족을 세심하게 체크했는데 그녀의 입장에서는 당연한 일이었다.

두 달 후에 벌어지는 타이틀전은 JYN에서 초미의 관심사로 대두되어 있었기에 김숙영은 사활을 걸고 강태산을 취재하는 중이었다.

땀으로 범벅이 된 모습.

김숙영은 카메라맨에게 일일이 지시하며 강태산의 모습을

화면에 잡다가 갑자기 멍하니 그의 모습을 바라보았다.

이전에도 잘생겼다고 생각했는데 땀으로 젖은 채 링에서 걸어 나오는 강태산의 모습을 바라보자 온몸에 힘이 다 풀릴 정도의 충격에 잠겼기 때문이었다.

뭐지?

마력적인 모습.

붕대를 풀면서 고개를 숙이고 있는 강태산의 모습은 영화의 한 장면을 보는 것처럼 그녀의 가슴을 가득 채우고도 남을 만큼 신비로웠다.

자신도 모르게 다가갔다.

다른 사람들의 눈이 없었다면 그대로 그의 가슴에 뛰어들고 싶다는 마음과 함께.

"태산 씨, 오늘 훈련 끝난 건가요?"

"그렇습니다."

빙긋 웃으며 대답하는 강태산의 얼굴을 본 김숙영의 가슴이 서늘하게 가라앉았다.

말투가 바뀌었다.

몸을 섞은 후부터는 거침없이 반말로 대하던 강태산은 정중한 목소리로 그녀를 향해 말을 높여주고 있었다.

그래, 다른 사람들이 있어서 그런 걸 거야.

유리하게 생각하고 싶었다.

그래서 그녀는 작은 목소리로 강태산을 향해 말을 이어 나갔다.

"태산 씨, 오늘 저녁 어때요? 저랑 같이 저녁 하실래요?"

"김 기자님, 저는 이제 당신과 개인적인 시간을 갖지 않을 겁니다."

"그게 무슨 말씀이시죠?"

"제가 처음부터 말했을 텐데요. 저는 세 번 섹스한 여자와는 더 이상 만나지 않습니다. 그러니 김 기자님하고는 이제 끝입니다. 아시겠습니까?"

"설마… 말도 안 되는……."

"그러니까, 아껴 쓰라고 했잖아요. 비켜주세요. 이제 씻어야 하니까."

강태산이 자신의 곁을 차갑게 지나치자 김숙영의 얼굴이 더없이 일그러졌다.

그래, 그랬다.

휴 잭맨과의 시합이 끝나고 그녀는 저녁을 먹은 후 강태산과 세 번째 섹스를 했다.

하지만, 정말 이런 결과가 나타나리라고 생각한 적은 한 번도 없었다.

세 번의 섹스를 하고 나면 더 이상 만나지 않겠다는 강태산의 말이 그저 농담이라 생각했기 때문이었다.

       *   *   *

시간이 빠르게 흘러 강태산이 훈련을 시작한 지 한 달이 지나자 JYN은 수시로 특집 방송을 편성하며 맥도웰과 강태산의 경기 장면을 전국으로 내보냈다.

이제 타이틀전까지 남은 시간은 한 달.

한 달이 지나면 강태산은 대한민국의 역사에 최초로 UFC 챔피언이란 이름을 새겨 넣을지 모른다.

JYN의 스튜디오에는 다섯 명이 자리를 함께하고 있었다.

격투기를 전담으로 중계하는 김세형과 해설을 맡고 있는 신치현, 격투기 매니지먼트 자이언트팀의 대표 김정현, 현 미들급 국내 챔피언 정승화, 그리고 김숙영이었다.

그들은 거의 30분 동안 강태산이 지금까지 벌여왔던 경기들을 살펴보며 맥도웰과의 타이틀전에 대한 의견을 나눴는데 오늘 저녁에 방송되는 '무적의 사나이, 강태산'이란 특집 방송을 찍고 있는 중이었다.

이 프로그램의 주 진행자인 김세형이 경기 영상을 보면서 강태산의 주 무기와 방어 기술에 대해서 패널로 출연한 사람들과 의견을 나누는 방식이었다.

김세형이 요시다와의 경기 영상이 끝나자 자이언트팀의 김정현을 바라보았다.

김정현은 과거 UFC 웰터급 7위까지 올랐던 강타자로서 8년 전에 자이언트팀을 만들어 매니지먼트를 운영하는 중이었는데, 국내 톱 랭커들 중 상당수를 보유하고 있었다.

"김 대표님, 강태산 선수의 경기 스타일은 무차별적인 인파이팅입니다. 요시다 선수도 결국 거기에 당했는데 어떻게 생각하십니까?"

"강태산 선수의 인파이팅은 그야말로 불꽃같습니다. 하지만 교묘한 전술도 같이 쓰고 있기 때문에 전혀 무모해 보이지는 않는군요. 요시다와의 경기를 보신 것처럼 강태산 선수는 상대의 체력을 완전히 방전시킨 후 완벽한 역전승을 이끌어낼 정도로 영악합니다."

"거기에는 여러 가지 말도 많습니다. 체력이 달려서 경기 내내 방어에 급급했던 강태산 선수가 행운의 펀치를 적중시키면서 시합의 양상이 급변했다는 설도 있잖습니까?"

"말도 안 되는 시각입니다. 옥타곤에 직접 올라간 선수들은 그것이 얼마나 허황된 말인지 금방 압니다. 정말로 체력이 부족했다면 강태산 선수는 1라운드조차 버티지 못했을 겁니다. 그런데 강태산 선수는 2라운드에서 마치 기다렸다는 듯 불꽃 같은 인파이팅을 펼쳤습니다. 분명 전략적인 행동입니다."

"정승화 선수도 그렇게 생각하십니까?"

"예, 저도 그렇게 생각합니다. 그 당시 강태산 선수의 훈련량이 부족해서 상당한 걱정을 했었습니다만 시합 내용으로 봤을 때 체력에는 전혀 무리가 없었습니다. 체력에 지쳤을 때의 펀치와 킥은 화면에서 본 것처럼 예리하게 나올 수가 없기 때문입니다. 강태산 선수가 2라운드에서 뿜어낸 펀치와 킥은 하나하나가 전부 치명적인 것이었습니다. 그런 면에서 볼 때 저역시 김 대표님의 의견에 동의합니다."

정승화가 다부진 몸처럼 툭 부러지게 대답을 하자 조용히 앉아 있던 신치현이 고개를 끄덕이며 수긍한다는 표정을 지었다.

그러자 김세형이 다시 한 번 의문을 나타냈다.

"그것이 사실이라면 점점 궁금증이 커지는데요. 강태산 선수는 산체스와의 경기가 끝나고 두 달 만에 요시다와 경기를 했습니다. 산체스와의 경기 역시 엄청난 난타전이었잖습니까. 일반적으로 선수가 경기를 치르고 나면 보통 얼마나 회복 기간을 가지는지 알고 싶군요?"

"저 같은 경우는 한 달 정도 회복 기간을 가집니다. 물론 시합하면서 부상을 입었을 경우에는 기간이 훨씬 더 길어지기도 합니다."

"산체스전처럼 엄청난 난타전을 벌였을 때는요?"

"강태산 선수가 벌였던 산체스전은 오늘의 파이트로 선정

될 만큼 대단한 시합이었습니다. 만약 제가 그런 시합을 했다면 두 달은 제대로 움직이지 못했을 겁니다."

"제가 지적하고 싶은 부분이 바로 그겁니다. 강태산 선수는 엄청난 타격전을 펼치는 것으로 유명하고 실제로도 많은 펀치에 노출되어 있습니다. 그런데도 두 달 만에 시합을 펼쳐서 요시다를 이겼으니 정말 이해가 안 됩니다."

"그건 제가 말씀드리겠습니다."

그동안 조용히 이야기를 듣던 신치현이 중간에서 나섰다.

그는 자신에게 기회가 올 때까지 일부러 침묵을 지키고 있었던 것 같았다.

"저는 최근 집에서 면밀하게 슬로비디오로 강태산 선수의 경기 동영상을 일일이 분석했습니다. 저 역시 아나운서께서 말씀하신 것처럼 이해가 안 되는 부분이 많았기 때문입니다."

"그래서요?"

"UFC에 들어와 강태산 선수가 치렀던 네 번의 경기를 종합적으로 분석해 본 결과 저는 하나의 결론을 내렸습니다."

"궁금하군요. 그게 뭔가요?"

"계속해서 느껴왔지만 강태산 선수의 방어력은 정말 뛰어납니다. 네 번의 동영상을 분석한 결과 강태산 선수는 상대의 펀치를 절대 정타로 맞지 않았다는 것을 알 수 있었습니다. 그냥 동영상으로 봤을 때는 치고받는 난타전으로 보이지만 강태산 선수는 상대의 펀치와 킥을 교묘한 기술로 피해내고 있었습니다."

"교묘한 기술이란 어떤 것입니까?"

"어깨와 팔다리를 이용해서 상대의 펀치에 대한 충격을 일차적으로 줄이는 기술입니다. 또한 위빙과 더킹이 뛰어나기 때문에 상당수의 펀치를 흘린 상태에서 맞았습니다. 작용과 반작용의 원리 아시죠? 카운터펀치가 그냥 펀치보다 훨씬 큰 충격을 주는 이치와 같습니다. 강태산 선수는 상대의 펀치를 흘리는 재주가 무서울 정도로 뛰어납니다."

"신 위원님 말씀은 대단한 난타전을 펼쳤음에도 강태산 선수가 짧은 시간에 시합을 할 수 있는 이유가 신체에 받은 충격이 적었기 때문이란 말입니까?"

"결론적으로는 그렇습니다."

신치현이 김세형의 결론에 그렇다는 듯 고개를 끄덕이자 김정현 대표가 쓴웃음을 지으며 끼어들었다.

"신 위원님의 말씀에는 일부분 공감하지만 그것만으로 모든 것을 설명할 수는 없을 것 같습니다. 정 선수가 말한 것처럼 시합을 끝낸 선수는 젖 먹던 힘까지 다 쓰고 내려오기 때문에 최소 한 달은 쉬어야 합니다. 거기에다가 컨디션을 끌어올리는 시간을 감안한다면 훈련을 시작하고 최소 두 달 이상은 필요하지요."

"아무리 적게 잡아도 세 달 이상은 필요하다는 말씀이군요."

"그렇습니다."

"그렇다면 김 대표님은 이유가 뭐라고 생각하십니까?"

"제가 봤을 때 강태산 선수는 선천적으로 뛰어난 폐활량을 가지고 있는 것 같습니다. 거기에 철저한 자기 관리 프로그램이 가동되고 있는 게 아닌가 생각합니다."

"그 이야기는 만덕체육관을 운영하는 김영철 관장이 철저하게 강태산 선수를 케어한다는 뜻이군요."

"저는 김영철 관장을 높이 평가하고 있습니다. 단시간 내에 UFC를 평정해 나가는 강태산 선수의 뒤에는 분명 김영철 관장의 세심한 배려가 있는 것으로 판단됩니다."

"김영철 관장은 오랜 기간 격투기계에서는 무명이었잖습니까?"

"사람은 겉만 보면 알 수 없습니다. 저는 강태산 선수의 경기를 보면서 김영철 관장을 스카우트하고 싶다는 생각을 여러 번 했습니다. 그만큼 그 사람은 뛰어난 전략을 구사했습니다."

"그렇군요. 그럼 이야기를 다른 쪽으로 돌려보겠습니다. 강태산 선수는 한 달 후에 무적의 챔피언 맥도웰과 물러설 수 없는 한판 승부를 펼치게 됩니다. 단도직입적으로 김 대표님은 누가 이길 것 같습니까?"

"어려운 질문입니다. 잘 아시겠지만 맥도웰 선수는 강태산 선수와 비슷한 인파이팅을 구사하는 선수로서 펀치력이 뛰어나 높은 KO율을 자랑하고 있습니다. 둘 중 하나가 경기 스타일을 바꾸지 않는 한 이 승부는 단기전으로 끝날 가능성이 크다고 생각합니다. 그런 측면에서 봤을 때 맥도웰이 우세하지 않을까 판단되는군요. 왜냐하면 강태산 선수는 불꽃같은 인파이팅을 펼치면서 수많은 펀치를 날린 끝에 KO승을 거뒀지만 맥도웰은 강력한 주먹 한 방으로 경기를 끝내기 때문입니다. 서로 치고받는 난타전이라면 강태산 선수가 어렵습니다. 저는 강태산 선수가 이번 시합만큼은 전략을 수정해서 나서줄 것을 바라고 있습니다."

"다른 의견 있으십니까?"

김세형이 신치현과 정승화를 바라보았다.

김정현과 반대되는 의견을 바라는 시선과 함께.

두 사람은 금방 나서지 못했다.

김정현의 지적은 너무 정확해서 그들 역시 같은 생각을 하고 있었기 때문이었다.

신치현이 헛기침을 한 후 입을 연 것은 김세형이 슬그머니 입술을 깨물며 다른 이야기를 꺼내려 할 때였다.

"김 대표님의 지적은 그동안 계속되어 온 것이었습니다. 하지만 저는 이런 측면에서 희망을 가져봅니다."

"어떤 것이죠?"

"강태산 선수는 라운드가 거듭될수록 강력한 모습을 보여 줬습니다. 시간이 지나면서 콤팩트가 강해졌다는 뜻입니다. 강태산 선수가 맥도웰 선수의 초반 강공만 잘 막아낸다면 저는 강태산 선수에게 희망이 있을 것이라고 조심스럽게 예측합니다."

"김 대표님도 신 위원님의 예측에 동의하십니까?"

"제가 말씀드리고 싶었던 것도 그겁니다. 강태산 선수가 특유의 인파이팅을 포기하고 경기 후반에 승부를 건다면 저도 강태산 선수가 선전할 수 있다고 생각합니다."

"결국은 후반 라운드까지 버텨야 승산이 있다는 말씀들인데 그렇다면 김숙영 기자의 이야기를 들어보겠습니다. 김 기자, 강태산 선수와 요즘 계속 같이 있다시피 하셨는데 혹시 전략을 들어 본 것이 있습니까?"

갑작스러운 질문에 책상 앞에 놓인 서류를 바라보던 김숙영의 시선이 퍼뜩 들려졌다.

그녀는 뭔가를 생각하고 있었던 것처럼 김세형의 질문에 당황한 표정을 짓고 있었다.

김세형은 노련했다.

김숙영이 당황한 표정을 짓자 그는 다시 한 번 질문을 반복

했다.

"김 기자, 어떻습니까. 지금 두 분 위원들은 강태산 선수가 특유의 인파이팅을 포기하고 경기 후반에 승부를 봐야 한다고 판단하시는데 혹시 강태산 선수측의 전략을 들어본 게 있습니까?"

"예, 여러 번 물어봤어요. 저도 상당히 걱정하고 있었거든요."

"뭐라던가요?"

"강태산 선수는 절대 물러서지 않겠다는 말만 반복하고 있습니다. 맥도웰이 강한 펀치를 가지고 있다는 걸 강태산 선수는 잘 알고 있었어요. 하지만, 그는 자신의 스타일대로 경기를 풀어나갈 거라고 했어요. 절대 맥도웰이 두려워 피하는 일은 없을 거래요."

"음… 걱정되는 일이군요. 혹시 전략을 숨기기 위한 발언은 아닐까요?"

"제가 아는 강태산 선수는 그렇지 않습니다. 그는 시합을 할 때마다 언제나 인파이팅을 할 거라 공언했고 그대로 했던 사람이에요. 저는 이번에도 그가 특유의 불꽃같은 인파이팅을 포기하지 않을 것이라고 생각해요."

*   *   *

김현웅은 벌써 한 달 전에 티켓을 예매하고 강태산의 경기를 간절하게 기다리는 중이었다.

미국까지 날아가는 경비가 꽤 많이 들었으나 강태산의 시합과 현장에서의 생생했던 경험을 블로그에 올리면서 조회수가 급증했기 때문에 오히려 더 많은 돈을 벌어들여 그는 타이틀전의 티켓을 아마존을 통해 조금의 망설임도 없이 구입해 버렸다.

다시 한 번 느끼고 싶었다.

치열하고도 생생했던 전투의 현장을. 터질 듯한 고함 소리와 자신의 심장이 뜨겁게 살아 있음을.

블로그에 강태산의 응원 문구와 함께 현장에서 같이할 응원단을 모집한다는 글을 올렸다.

글은 처음부터 폭발적인 반응을 보였다.

물론 직접 가지 못하지만 이겨주기를 간절히 바란다는 댓글들이 대부분이었으나 같이하겠다는 댓글들도 처음과 다르게 상당수가 올라왔다.

블로그를 정리하다가 하정아가 부르는 소리에 식탁에 앉은 김현웅이 밝은 목소리를 냈다.

여전히 예쁜 마누라는 된장찌개를 그릇에 담느라 바쁘게 움직이고 있었지만 김현웅은 도와줄 생각조차 하지 못할 정도로 흥분된 음성을 토해냈다.

"정아야, 이번에는 출국 날짜를 물어오는 댓글들도 많아. 같이 응원할 사람들이 저번보다 훨씬 많아질 것 같아."

"정말?"

"벌써 우리 출국 날짜에 맞춰서 떠난다는 사람이 20명이나 돼. 강태산 팬클럽은 어제 알아보니까 이번에 100명이 뉴욕으로 간다고 했어."

"우와, 정말 많아졌네. 이번에 가면 응원단 수가 꽤 많겠다."

"아직 한 달이나 남았으니까 계속 늘어날 거야."

"오빠, 난 겁나."

"왜?"

"그 사람 질까 봐. 난 강태산 선수가 지면 막 울 것 같아."

"안 져, 걱정하지 마."

"텔레비전에서 보니까 강태산 선수가 불리하대. 그 사람 아주 고집불통이라 이번에도 인파이팅을 포기하지 않을 거래."

"그게 그놈의 트레이드마크잖아. 불꽃같은 인파이팅."

"그래도 이번에는 작전을 바꾸면 좋겠어. 맥도웰이 너무 강해서 불안해."

"하긴, 나도 걱정이야. 맥도웰이 어디 보통 놈이라야 말이지. 그래도 난 믿어. 강태산은 이번에도 반드시 해낼 거야."

"오빠, 우리 강태산 선수가 이번에 이겨서 챔피언이 되면 밥 한번 사자."

"누구한테?"

"바보, 강태산 선수한테 사지, 누구한테 사."

"어이구, 그 사람이 먹어준대?"

"내가 미인계를 펼치면 먹히지 않을까?"

"됐거든요."

"하여간 해볼 거야. 저번에도 그 사람, 인터넷 보고 찾아왔 었잖아."

"미치겠네. 우리 블로그에 '강태산 선수 밥 한번 먹읍시다'. 이렇게 올리자는 거냐?"

"어때, 재밌잖아."

"하여간 자기는 정말 엉뚱한 면이 있어."

"호호… 된장찌개 먹어봐. 집에서 엄마가 보내준 건데 정말 맛있을 거야."

*　　　*　　　*

JYN의 서경석 국장이 문을 열고 들어서자 사장인 황현국 이 쇼파에 앉은 채로 맞아들였다.

그는 쇼파에 앉아 서류를 보고 있었는데 시청률에 대한 보 고서였다.

"서 국장, 웬일이야?"

"말씀드릴 게 있어서 왔습니다."

"그래? 뭔데?"

"사장님, 그래도 명색이 국장인데 커피 한잔 주시죠."

"음… 중요한 이야긴가 보군. 좋아, 내가 웬만해서는 커피 안 주는데 이번에는 주지. 대신 나를 감동시키는 이야기를 해 줬으면 좋겠구만."

황현국이 웃음을 흘리며 인터폰에 대고 비서에게 커피를 가져다 달라는 지시를 내렸다.

그런 후 빤히 서경석의 얼굴을 바라보았다.

"말해봐, 뭐야?"

"강태산 경기를 우리가 중계하기로 했잖습니까. 저는 이번 경기를 현지 생방송으로 했으면 합니다."

"현지 생방송?"

"그렇습니다."

"서 국장, 자네 정신이 있는 거야? 뉴욕에서 벌어지는 시합인데 현지 생방송이라니 그게 말이나 된다고 생각해!"

"충분히 할 만합니다. 지금 국민들의 관심이 뜨겁습니다. 현지 생방송을 한다면 국민들이 좋아할 겁니다."

"UFC 쪽에서 영상을 보내오는데 굳이 현지 생방송을 할 이유가 뭐야?"

황현국의 웃음기 있었던 얼굴은 어느새 싸늘하게 가라앉아 있었다.

말이 현지 생방송이지, 막상 실행한다면 수많은 제약이 있을 것이기 때문이었다.

하지만 서경석의 표정에는 자신감이 가득했다.

"방금 말씀드린 것처럼 지금 현재 우리나라 국민들의 관심이 그 어느 때보다 뜨겁습니다. 제가 생방송을 계획하는 이유에는 여러 가지가 있습니다. 첫째, 현지에서 생방송하면서 이번 기회에 JYN의 역량을 국민들에게 보여주는 겁니다. 둘째, 강태산에 대한 인기가 치솟고 있는 지금 그를 활용해서 다각도의 프로그램을 만들 수 있기 때문입니다."

"예를 들면?"

"몇 개의 예능 프로그램에 접목시키는 것이죠. 연예인들이 직접 강태산의 경기를 응원하면서 현지의 상황과 반응을 생생하게 내보내는 겁니다."

"모험을 하자는 뜻이구만. 자칫하면 제작비만 날리는 상황이 될 수도 있다. 그런데도 하자는 말이야?"

"질 경우를 말씀하시는 겁니까?"

"그래. 그놈이 지면 우리는 헛수고만 하는 수가 있어!"

"걱정하시는 거 압니다. 하지만, 강태산이 져도 괜찮습니다."

"무슨 소리야?"

"그 친구는 현재 대한국민 국민들에게 호감도 1위에 올라 있습니다. 만약 진다고 해도 그 비참함과 상처투성이의 모습을 그대로 방영하면 시청자들은 오히려 더 커다란 반응을 보일 겁니다."

"환장하겠군."

"더군다나 이겼을 때를 상상해 보십시오. 우리 JYN은 막대한 이익을 얻게 됩니다. 강태산이 휴 잭맨과 경기했을 때의 시청률 보고받으셨잖습니까. 이번 경기는 그보다 훨씬 높은 시청률을 기록하게 될 겁니다. 사장님, 우린 현지 생방송을 해야 합니다."

서경석의 설명을 들은 황현국의 표정이 심각하게 변했다.

그때 비서가 커피를 들고 들어오는 것이 보였다.

"일단 마셔."

"예."

서경석이 그의 말에 커피 잔을 들었지만 황현국은 지그시 눈을 감았다.

생각에 잠긴 모습.

그가 중요한 결단을 내릴 때 언제나 하는 버릇이었다.

그의 감겼던 눈이 다시 떠진 건 서경석이 커피를 반쯤 마신 후 티슈로 입을 훔칠 때였다.

"좋다. 이번 건은 서 국장한테 전권을 일임하지. 제작비는 쓰고 싶은 대로 써. 대신 서 국장이 직접 현지로 날아가서 총괄 지휘해. 알겠어?"

"알겠습니다."

*　　　*　　　*

강태산은 약속 시간보다 일찍 나가서 민다영을 기다렸다.

훈련을 끝내고 왔지만 '피렌체'에 도착했을 때의 시간은 약속했던 7시보다 30분이나 빨랐다.

가족들과의 약속을 지키고 싶지는 않았다.

왜 자신이 그런 약속을 했는지 몰랐으나 민다영을 가족들에게 소개시켜 준다는 것은 엄청난 부담이 될 수밖에 없었다.

은정이의 사랑을 거부하기 위한 것과 권 여사의 청을 거절하지 못해 나간 자리에서 민다영을 만났다.

처음에 그녀가 보여줬던 호감과 호의, 그리고 외모는 그에게 아무것도 아니었다.

오직 은정의 사랑을 포기하게 만들어야 하겠다는 마음과 권 여사가 욕을 먹지 않도록 해야 된다는 생각에 최선을 다했을 뿐이다.

만날수록 좋은 여자였다.

그랬기에 함부로 대하지 않았다.

만남을 지속했지만 그녀가 스스로 포기하기를 바랐다.

작전 때문에 해외출장을 갈 때마다, 그리고 시합을 위해 오랜 시간 자리를 비웠을 때도 다정하게 전화를 걸지 않은 것은 그런 마음을 가졌기 때문이었다.

그를 좋아했던 어떤 여자도 그의 냉정함을 결국은 견뎌내지 못했으니 민다영도 그럴 것이라 생각했다.

사람의 인연.

인연이란 단어를 생각할 때마다 쓴웃음이 지어진다.

과연 그에게도 어울리는 인연이 있을까?

살귀. 그래, 나는 살귀다.

수많은 사람을 죽였고 앞으로도 얼마나 많은 사람들을 죽여야 할지 모른다.

민다영이 알고 있는 강태산이란 존재는 그저 여행사에 근무하는 평범한 인물에 불과했다.

사랑하는 사람이 수많은 사람을 잔인하게 죽였고 정상적인 생활을 하지 못하는 야차라면 과연 그녀는 그 사실을 알았을 때 견뎌낼 수 있을까.

아닐 것이다.

그리고 그녀는 결국 견뎌내지 못하고 불행 속으로 빠져들게 분명했다.

민다영을 생각하는 마음이 커질수록 강태산은 점점 그녀에게서 멀어져야 한다는 생각을 가졌다.

여자의 순정을 이용해서 자신의 욕심을 채운다는 건 그가 전혀 원하지 않는 일이었다.

얼마의 시간이 지났을까.

문을 열고 들어서는 민다영의 모습이 보였다.

하늘색 코트를 걸치고 들어선 그녀는 강태산을 확인한 후 밝은 미소를 지었다.

"어서 와요."

"안 늦었죠? 일찍 출발했는데 차가 너무 막혀서 어쩔 수 없었어요."

"5분 늦었는걸요. 그 정도면 러시아워에 훌륭한 겁니다."

"호호, 고마워요."

"우리 저녁부터 시킬까요?"

강태산은 그녀의 의향을 묻지 않고 가장 비싼 코스 요리를 시켰다.

피렌체는 압구정동에 있는 이탈리안 레스토랑으로 단품 가격이 다른 곳의 두 배에 달할 정도로 비싼 집이었다.

그런데도 강태산은 주문에 조금의 주저함도 보이지 않았다.

민다영은 아무런 말 없이 강태산이 하는 행동을 지켜만 보았다.

여자의 직감.

그녀는 강태산이 평소와 다른 행동을 보이자 불안한 시선만 던지며 쉽게 입을 열지 않았다.

역시 현명하다. 그리고 세심한 성격을 지녔다.

스프에서 시작된 음식이 차례차례 식탁에 올려졌다가 사라져 갈 동안 강태산은 쓸데없는 농담으로 시간을 보냈다.

그동안 그녀를 만날 때마다 했던 행동과 크게 다르지 않은 모습이었다.

그럼에도 민다영은 웃음 속에서 불안한 표정을 지우지 못했다.

웃는다.

하지만 그녀의 웃음은 가짜임이 분명했다.

"다영 씨, 한 가지 물어볼 게 있습니다."

"뭐… 죠?"

"제 이름이 뭡니까?"

"태산 씨, 왜 그러시는지 물어봐도 될까요?"

"뭘 말입니까?"

"저 자꾸 불안해져요. 이제 식사도 끝났으니 말해주세요. 무슨 일이 있었나요?"

"먼저 제 질문에 대답을 해주세요."

"…강… 태산."

민다영이 빤히 자신을 바라보는 강태산을 향해 어쩔 수 없다는 듯 작은 목소리로 대답했다.

그러자 강태산의 얼굴에서 아픈 미소가 천천히 흘러나왔다.

"다영 씨, 제 이름이 강태산이 아니라면 어쩌겠습니까?"

"그게 무슨……."

"저는 다영 씨가 알고 있는 강태산이 아닙니다."

"태산 씨, 정말 왜 그러세요?"

"다영 씨에게 많은 것을 속여왔습니다. 전부 모든 것을 말입니다. 당신을 속여가면서 더 만날 수도 있지만 이제는 그렇게 하지 않을 생각입니다."

"도대체 저는… 무슨 소린지 알아들을 수가 없어요."

"이제 다영 씨와 헤어져야 할 것 같습니다. 미안합니다."

"태산 씨!"

강태산을 부르는 그녀의 목소리가 무섭도록 떨리고 있었다.

뭘 속여왔다는 말인가.

이해할 수도 없었고 이해하기도 싫었다.

그랬기에 그녀는 시선을 강태산의 눈으로 향하며 더 많은 이유를 들으려 했다.

그러나 강태산의 표정은 차갑게 가라앉아 있을 뿐 어떤 다른 이유도 말하지 않았다.

그녀가 휘청거리며 나가는 것을 지켜보며 강태산은 조용히 눈을 감았다.

그래, 이러는 게 맞다.

행복하게 만들어줄 자신조차 없으면서 좋은 여자를 잡아 두고 있다는 건 이기주의에 불과한 짓이다.

그럼에도 미안했다.

처음부터 호감을 갖지 않게 했더라면 그녀를 아프게 만들지 않았을 것이란 후회가 밀려왔다.

하지만, 이미 너무 늦은 일이다.

자리에서 일어나 계산을 하고 문을 나서자 매서운 칼바람이 몰아닥쳤다.

담배를 피워 물었다.

맛이 썼다.

지금까지 피운 담배 중에서 가장 맛없는 담배였다.

그랬기에 강태산은 담배를 집어던지고 주차장을 향해 천천히 걸어갔다.

갔을 것이라 생각했다.

그녀가 나간 것은 이십 분이나 지났기 때문에 아직까지 그녀가 주차장의 끝에 있는 차에 쪼그려 앉아 울고 있을 거라고는 전혀 생각하지 못했다.

그녀의 울음은 사슴을 닮았다. 끊어지듯 이어졌고, 이어지다가 끊어지고 있었다.

괜찮을 거라 생각했다. 잔인하게 끊어버리면 모든 것이 원상태로 돌아갈 것이라 생각했다. 그런데 그녀의 울음소리를 듣자 모든 것이 한순간에 날아가 버렸다.

자신도 모르게 이성을 배반한 다리가 그녀에게 향했다.

무쇠 같은 그의 다리는 그녀가 흘려낸 눈물의 마법을 이겨내지 못하고 바보처럼 그녀를 향해 움직였다.

그녀를 안았다.

민다영은 새파랗게 언 몸으로 강태산의 품으로 들어온 채움직이지 못했다. 강태산은 한참 동안 그녀를 안고 있다가 그녀의 얼굴에 담긴 눈물을 닦아주었다.

그런 후 그녀의 입술을 자신의 따뜻한 입술로 덮었다.

"당신은 참 바보 같은 사람이군요. 보내줄 때 갔으면 행복하게 살았을 텐데……."

제6장
전야제

시간이 다가올수록 김 관장과 김만덕은 긴장으로 입안이
바짝바짝 말라갔다.

특히 김만덕은 죽을 둥 살 둥 강태산의 펀치를 맞았기 때문
에 곰 같던 몸매가 홀쭉하게 빠져 이제는 거의 반쪽이 된 상
태였다.

물론 이번 한 번으로 인해 그리된 것은 아니다.

일 년 새에 무려 세 번의 혈전이 벌어졌으니 강태산 못지않
게 그의 훈련량은 상상할 수 없을 정도로 많았다.

"훅… 훅… 하악… 학……."

링에서 대자로 뻗은 김만덕이 얼굴이 허옇게 변한 채 숨을 헐떡였다.

그는 거의 한 시간이 다 되도록 강태산에게 미트를 내민 채 버텼는데 마지막 순간에는 결국 견디지 못하고 링에 쓰러지고 말았다.

강태산이 천천히 다가가 김만덕의 옆에 쪼그려 앉은 것은 김 관장이 체육관 문을 억지로 밀고 들어오는 기자들을 향해 소리를 고래고래 지를 때였다.

기자들은 지금까지 가급적 훈련 시간에는 방해하지 않았었는데 출국이 며칠 앞으로 다가오자 더 이상 참지 못할 정도로 조바심을 내고 있었다.

"만덕아, 괜찮냐?"

"형, 나 죽을 것 같아. 정말 돈 벌기 힘들다."

"너 이거 엄청난 아르바이트야, 인마. 이번에 받는 돈이 대전료와 PPV 합해서 최소 백만 달러는 될 거다. 관장님하고 네가 먹는 게 그중에서 이십만 달러니까 우리나라 돈으로 계산하면 2억인데 그 정도도 못 참아?"

"거기서 반은 형이 또 떼 가잖아!"

"내가 떼 가는 거냐? 관장님이 스스로 내놓으시는 거지. 불쌍한 사람 돕는 걸 왜 나한테 신경질이야?"

"형이 협박해 놓고 무슨. 우리 아버지는요, 그렇게 훌륭한 사람이 아니거든!"

"일어나라, 아무래도 기자들 좀 달래줘야겠다. 잘못하면 문 부서지겠어."

강태산이 쪼그렸던 몸을 일으키자 김만덕이 비틀거리며 따라서 일어났다.

그러고는 먼저 링을 벗어나 체육관의 정문 쪽으로 향했다.

정문에는 십여 명의 관원들이 필사적으로 문을 사수하는 중이었기 때문에 강태산이 다치지 않도록 호위를 하려는 심산이었다.

만덕체육관은 이제 관원의 숫자가 백 명이 훌쩍 넘어 세 명의 트레이너를 고용할 정도로 커진 상태였다.

김 관장은 다른 관원들을 트레이너에게 맡기고 강태산만 전담하고 있었으나 그것만으로도 그는 하루 일과가 지나면 녹초가 되곤 했다.

수많은 사람들이 찾아왔기 때문이었다.

기자들은 물론이고 강태산을 광고 모델로 쓰고자 하는 기업체와 광고 회사들, 불우이웃을 돕는다는 뉴스가 나가자 자신들도 도와달라는 각종 단체가 마치 빚쟁이처럼 몰려들었다.

강태산이 체육관 정문을 향해 다가가자 김 관장이 얼굴이 벌겋게 변한 상태로 그를 가로막았다.

"태산아, 왜 왔어?"

"기자들이 난리잖습니까."

"네가 신경 쓸 필요 없다. 훈련 끝났으면 잠시 쉬고 있어. 기자들은 내가 처리할 테니까."

"아닙니다. 국민들이 이번 시합을 간절히 기대하고 있으니 얼굴 정도는 보여줄 필요가 있어요."

"정말 괜찮겠어?"

"이런 모습을 보여주면 국민들이 좋아하지 않겠습니까?"

강태산이 싱그러운 웃음을 지으며 김 관장을 쳐다봤다.

눈이 부신다.

온몸이 땀으로 범벅이 되어 있는 강태산의 모습은 시간이 갈수록 점점 더 매력적으로 변해갔다.

처음에도 영화배우 뺨칠 정도로 잘생겼던 강태산은 현천기공이 팔성에 이르면서 눈이 변화하자 마치 다른 사람을 보는 것처럼 완벽한 외모로 변해 있었다.

강태산에 의해 정문이 열리자 수많은 기자들이 기다렸다는 듯 체육관 안으로 밀려들었다.

그들은 조금이라도 좋은 자리를 차지하기 위해 개떼들처럼 소리를 질러댔다.

소음과 함께 플래시의 불빛이 순식간에 체육관을 별처럼 빛나게 만들었다.

기자들은 조금이라도 생생한 사진을 찍기 위해선지 한자리에 가만있지 못하고 난리를 쳐댔다.

강태산은 그런 기자들을 향해 부드럽게 입을 열었다.

"아시다시피 지금은 훈련 중입니다. 그러니 사진만 찍고 나가주셨으면 좋겠습니다. 부탁드립니다."

＊　　　＊　　　＊

JYN의 서경석 국장은 강태산의 시합에 파견할 팀으로 현재 진행하고 있는 예능 프로그램 중에서 가장 인기가 많은 '대단한 도전'을 선택했다.

이왕 할 거면 가장 인기 있는 프로그램으로 승부를 보자는 심산이었다.

'대단한 도전'은 다섯 명의 인기 연예인이 고정적으로 출연했는데 웃음이 쏟아져 나올 정도로 무모한 상황을 설정해서 도전하는 프로그램이었다.

하지만 서경석은 '대단한 도전'을 선택하면서 열 명의 연예인을 추가적으로 모집했다.

미리 강태산의 시합에 응원을 간다는 프로그램 일정을 방송국 로비에 커다랗게 붙인 후 지원자를 모집하는 방식이었다.

이유는 간단했다.

응원을 가는 데 다섯 명만으로는 부족하다는 판단이었고 인기 있는 연예인들을 대거 출연시켜 효과를 극대화한다는 전략이었다.

'대단한 도전'의 PD를 맡고 있는 현동헌은 최초로 프로그램을 기획한 후 지금까지 국민들의 인기를 유지시켜 온 JYN의 인기 프로듀서였다.

그는 국장실로 들어온 후 한 뭉치의 서류를 내밀었는데 얼굴이 무척 밝았다.

"최종적으로 결정된 사람들입니다. 국장님께서 한번 봐주시죠."

현동헌이 서류를 앞으로 내밀자 서경석이 마시던 커피 잔을 내려놓고 안경을 꺼냈다.

그는 나이가 들면서 노안이 왔기 때문에 돋보기가 없으면 서류를 보지 못한다.

서류를 살펴보던 그의 얼굴에서 놀란 표정이 떠오른 것은 참가자들의 면면이 상상 이상이었기 때문이었다.

"정말 애들이 간단 말이야?"

"그렇습니다."

"애들이 정말 자원한 거 맞아? 혹시 현 PD가 협박한 건 아냐?"

"제가 방송 생활 짬밥이 어디 한두 갭니까. 저는 방송국 로

비에 특방 모집 공고만 띄워놨을 뿐입니다."

"허어, 이거 정말 기가 막힌 일이구만."

서류에 담겨 있는 인물들은 '대단한 도전'의 고정 멤버를 제외한다면 현재 연예계에서 톱을 달리는 사람들로 꽉 차 있었다.

전부 스케줄이 바빠서 몸이 서너 개라도 부족할 만큼 바쁘게 사는 스타들이란 뜻이었다.

5명의 남자 연예인들은 영화배우와 가수, 개그맨이 각각 한 명씩이었고 탤런트가 두 명이었는데 이름만 대도 금방 알 만한 정도로 유명한 사람들이었다.

하지만, 그것은 여자 연예인에 비하면 아무것도 아니었다.

여자 연예인들의 이름에는 평소에 강태산이 이상형이라고 방송에서 이야기했던 김가을을 비롯해서 '화제의 스타'에 출연했던 톱스타 서유경, 요즘 걸그룹 중에서 가장 인기를 얻고 있는 '화이트 문'의 리드 싱어 한효민과 김규리, 개그우먼 장한나가 포함되어 있었다.

그야말로 너무 화려해서 뭐라 말할 수 없을 정도의 라인업이었다.

현동헌이 여유 있는 웃음을 지으며 다시 입을 연 것은 서경석이 서류에서 눈을 떼지 못할 때였다.

"보면 아시겠지만 분야별로 한 명씩 추렸습니다. 지원자가 무려 60명이나 돼서 고르기가 어려울 지경이었습니다."

"자네가 봤을 때 이런 난리가 난 이유가 뭐라고 생각하나?"

"강태산 효과지요. 연예인들은 인기에 민감한 사람들입니다.. 지원한 사람들은 요즘 국민들 사이에서 화제가 되고 있는 강태산을 등에 업고 싶어 했던 것 같습니다."

"지금 여기에 적혀 있는 애들은 전부 방귀깨나 뀐다는 놈들이잖아. 그렇게 설명하기엔 힘들겠는데?"

"그렇습니다. 그건 제가 떨거지들을 전부 제외시켰기 때문입니다. 거기에 보시면 남자 연예인들은 평소부터 격투기를 좋아해서 강태산의 골수팬을 자처하던 사람들입니다. 그래서 일부러 골랐습니다."

"여자애들은?"

"그게 조금 이상하더군요. 김가을이나 서유경, 그리고 나머지 애들도 스케줄이 빡빡한데 잡힌 스케줄까지 조정하면서 가겠다고 고집을 부렸습니다. 아무래도 여자애들은 강태산한테 사심이 있는 것 같습니다."

"현 PD도 농담을 할 줄 아는군."

"국장님도 이제 늙으신 모양입니다. 요즘 애들 연애 트렌드는 좋아하는 사람이 나타나면 눈치 보지 않습니다."

"이 사람아, 지금 가겠다고 하는 애들은 전부 톱스타들이야. 재계의 총수들이 한번 먹어보겠다고 침을 질질 흘리는 애들이라고. 그런 애들이 미쳤다고 강태산 같은 격투기 선수를 좋아한단 말이야?!"

"강태산이 여자들에게 어떤 존재인지 몰라서 하시는 말씀입니다. 국장님, 지금 강태산은 여자들이 꿈꾸는 이상형 1위에 올라 있는 놈입니다."

"얼씨구."

"물론 걔들이 대놓고 그러기야 하겠습니까만 다른 생각이 있는 건 사실일 겁니다."

"가만, 막상 생각해 보니까 재미있는 컨셉을 만들 수도 있겠다. 잘만 엮으면 괜찮은 그림이 나올 것도 같아."

"그렇죠?"

"그게 자연스럽게 매칭되면 시청자들이 난리가 나겠어."

"고정 멤버들에게 슬그머니 언질해 놓겠습니다. 잘 한번 엮어보죠."

"현 PD가 잘해봐."

"그렇게 하겠습니다. 이번 기획은 저도 기대가 큽니다. 국장님이 바라시는 대로 빅 히트를 칠 것 같은 예감이 듭니다."

＊　　　＊　　　＊

김가을은 충무로에서 가장 핫한 영화배우로서 천만 관객을 두 번이나 동원했을 정도로 대단한 인기를 얻고 있는 여배우였다.

그녀가 영화판에 들어온 것은 18살 때였는데 5년간의 무명 생활 끝에 '불후의 사랑'이란 작품으로 단숨에 톱스타의 반열에 들어섰다.

연기의 끝판왕.

수많은 배우들이 있었지만 감독들이 가장 그녀를 선호한 것은 탄탄한 연기력으로 사람들을 감동시키는 능력이 그녀에게 있기 때문이었다.

그녀가 지닌 또 하나의 커다란 장점은 자신의 감정을 숨기지 않는다는 것이었다.

쉽게 말해서 그녀는 뒷담마를 까거나 약속을 어겼을 때 변명을 하지 않는 직설적인 성격을 지녀 영화계에서는 김가을에 대한 평이 아주 좋았다.

김가을이 JYN의 예능국 사무실에 나타난 것은 수요일 오후 2시였다.

'대단한 도전'의 사전 미팅이 2시에 잡혀 있기 때문이었다.

그녀가 JYN에 나타나자 방송 관계자들은 물론이고 업무를 보기 위해 찾아온 업체의 직원들, 심지어 방송에 참여하기 위해 왔던 방청객들까지 전부 걸음을 멈추고 넋을 놓았다.

압도적인 미모.

청색이 묻어 나오는 선글라스를 끼고 하늘색 롱코트를 걸친 그녀가 걸을 때마다 사람들의 입에서는 저절로 탄성이 새어 나왔다.

사인을 해달라고 접근하는 사람조차 없었다.

그녀의 압도적인 미모에 질려 버린 사람들은 사인을 받아야 한다는 생각조차 못 하는 것 같았다.

김가을이 미팅 장소에 들어서자 먼저 와 있던 '대단한 도전' 멤버들이 비명을 질렀다.

그들만이 아니었다.

사무실에는 이번 프로그램에 추가적으로 참여하는 사람들이 대부분 자리를 차지하고 있었는데 그녀가 들어서자 박수를 치면서 격하게 반겨주었다.

"어서 오세요. 김가을 씨, 열렬히 환영합니다."

자리에 있던 사람들을 대표로 현동헌이 인사를 건네자 김가을이 쓰고 있던 선글라스를 벗으며 우아하게 고개를 숙여 인사를 했다.

"제가 조금 늦었나요?"

"아닙니다. 정확하게 오셨습니다."

"제가 꼴찌인 모양이죠?"

"꼴찌 아닙니다. 아직 서유경 씨가 안 왔어요. 서유경 씨가 오면 곧 시작할 테니 잠시만 앉아계세요."

"아… 네."

서유경.

사람들로 인해 자연스럽게 라이벌로 형성된 텔레비전의 핫스타였다.

사람들은 각종 포털 사이트와 블로그 등에 영화배우인 그녀와 탤런트인 서유경의 외모와 연기력 등을 비교하는 글들을 수시로 올렸는데 팬층이 갈리면서 팽팽히 맞서고 있는 상황이었다.

사람들은 끝없이 재미를 찾는다.

그것이 톱클래스에 있는 여자들을 비교하는 것이라면 자다가도 벌떡 일어날 정도로 관심이 뜨거웠다.

서유경이 문을 열고 들어온 것은 김가을이 도착한 지 5분 정도 지났을 때였다.

눈이 부신다.

김가을이 들어왔을 때도 사무실이 환해진다는 착각이 들었는데 서유경마저 들어서자 정말로 사무실이 번쩍번쩍 빛났다.

거기에 한효민과 김규리의 풋풋한 청춘의 아름다움이 가세하면서 방안에 들어와 있던 남자 연예인들은 얼굴에서 웃음을 지우지 못했다.

서유경을 자리에 안내한 현동헌의 표정은 말로 하지 못할 정도였다.

웃는다. 하지만 단순히 웃는 게 아니라 수많은 복잡한 감정이 그의 얼굴에는 담겨 있었다.

15년 동안 방송을 해왔지만 이렇게 화려한 출연진은 단연코 처음 보는 일이었다.

이미 '대단한 도전'은 예고 영상만으로도 시청자들의 뜨거운 관심을 받고 있었다.

여자들에게 상당한 인기를 끌고 있는 도민수의 출연은 물론이고 영화계와 드라마에서 쌍벽을 이루고 있는 김가을과 서유경의 가담은 그 자체만으로도 충분히 화제가 될 만큼 충격적인 일이었다.

현동헌은 국장의 지시를 받으면서 속으로 불평을 한 적이 있었다.

10년 동안 '대단한 도전'은 모두 그의 기획 아래 이루어졌는데 갑자기 국장이 참견하자 불쾌했기 때문이었다.

하지만, 지금은 아니었다.

이런 출연진이 가세한 이상 '대단한 도전'은 다시 한 번 전국민이 좋아하는 인기 프로그램으로 다시 태어날 수 있을 테니 말이다.

'대단한 도전'의 사전 미팅은 2시간 가까이 진행되었다.

출국에 따른 준비 사항과 일정 등에 대한 설명이 있었고 개인당 수행 인원에 대한 제한 부분과 프로그램의 진행 의도에 대해서도 상세하게 설명되었기 때문에 예상 시간보다 훨씬 소요되었다.

사전 미팅이 끝나고 김가을이 화장실로 들어섰을 때 먼저 일어섰던 서유경이 거울을 보면서 화장을 고치고 있는 게 보였다.

우연일까, 인연일까.

같은 학교의 같은 학번 연극영화학과 출신.

학교에 다닐 때부터 유명했던 두 여자는 미모의 우열을 가리기 어려웠고 남학생들에게는 선망의 대상이 되어 언제나 수많은 시선을 받아왔다.

라이벌.

그렇다. 아마, 그녀들의 라이벌 관계는 대학 시절부터 생긴 것인지도 모른다.

"우리 오랜만이지?"

김가을이 먼저 입을 열었다.

대학 시절 같이 붙어 다닐 정도만큼 친한 사이는 아니었지만 그렇다고 서로 못 죽여서 안달 날 정도로 사이가 나쁜 것도 아니었다.

하지만 연예계에 들어서면서 각자의 길을 걷다 보니 지금까지 개인적인 연락을 취한 적은 한 번도 없었다.

그저 각종 시상식에서 일 년에 한두 번 만나 인사를 하는 게 고작이었으니 서유경은 그녀에게 가깝지도 멀지도 않은 친구였다.

　　"응, 너 더 예뻐진 것 같다."

　　"고마워."

　　"미팅 때문에 이제야 인사를 하게 되는구나. 참 그러고 보니 우린 너무 소원했어. 그치?"

　　"사는 게 바빠서 그렇지 뭐."

　　"이번에 새로운 영화에 캐스팅되었다며. 바빠질 텐데 뉴욕까지 가도 돼?"

　　시큰둥한 대답을 들은 서유경이 대뜸 문자 김가을의 얼굴에서 쓴웃음이 떠올랐다.

　　그것은 서유경도 마찬가지였기 때문이었다.

　　"그러는 너는. 너도 다음 드라마에서 주인공 맡았다며?"

　　"나는 아직 시간 있어. 3월에 시작되니까 지금은 한가한 편이야."

　　"내가 듣기로는 광고 촬영도 뒤로 밀었다고 하던데. 아닌가?"

　　"맞아."

　　"그렇게 해도 돼? 광고주가 싫어할 텐데?"

　　"싫어해도 할 수 없지. 더 중요한 걸 먼저 해야 되지 않겠니?"

"더 중요한 게 '대단한 도전'에 출연하는 건가 보구나."

"아니, 그건 아니야."

"그럼 뭔데?"

"강태산 선수가 싸우는 걸 직접 보고 싶었어. 그래서 가는 거야."

서유경이 밝게 웃으며 대답하자 김가을의 표정이 눈에 띄게 흐려졌다.

그녀가 밝힌 이유가 예상했던 것과 같았기 때문이었다.

질투일까?

아마, 서유경은 그랬을 가능성이 컸다.

자신이 텔레비전 프로그램에 출연해서 강태산이 이상형이라고 밝힌 건 연예 뉴스에 나올 정도로 화제가 되었으니 서유경도 알고 있었을 것이다.

서유경은 대학 시절부터 자신보다 훨씬 더 사람들의 시선을 의식하며 그녀에게 지기를 싫어했다.

그렇다고 해서 이런 짓까지 할 거라고는 꿈에도 생각하지 않았기에 은근히 부화가 치밀어 올랐다.

그녀의 목소리에 가시가 달려 나온 것은 그런 이유 때문이었다.

"나 때문이니?"

"무슨 소리야?"

"내가 강태산 선수를 이상형이라고 말한 것 때문에 그런 건지 물어보는 거야."

"너 뭔가 오해한 모양이구나. 난 이제 너 때문에 그런 짓 안 해. 예전에는 너한테 지는 게 싫어서 안달이 난 적도 있었지만 이젠 그런 감정 지운 지 오래야."

"그럼 무엇 때문에 그러는 거니?"

"너는 아니겠지만 나는 그 사람 직접 만난 적이 있어. 내가 패널로 참가한 프로그램에 그 사람이 출연했었거든."

"그래서?"

"지금까지 내가 본 남자 중에서 그 사람처럼 마음을 끌어당긴 사람은 없었어. 그래서 가보고 싶었을 뿐이야. 그 사람에 대해서 조금 더 알고 싶었거든."

서유경의 말에 김가을이 아무런 감정조차 담기지 않은 눈으로 빤히 쳐다봤다.

지금까지 악연이 아니라고 생각하며 살아왔다.

그 옛날 서유경이 자신의 일에 쌍심지를 켰을 때도 그저 그런가 보다 하는 마음으로 가급적 대응을 하지 않으려 노력했다.

하지만 지금 이 순간.

그녀의 대답을 듣게 되자 서유경이 그녀의 인생에서 인연이 아닌 악연이란 사실을 절실히 느꼈다.

서유경은 강태산의 시합을 보기나 했을까?

그저 프로그램에서 한 번 본 것으로 호감을 느껴 그 먼 미국까지 날아가겠다고 결심을 하다니 절대 이해할 수도 없고 이해하고 싶지도 않았다.

어느 날 강태산의 경기를 우연히 본 후부터 그녀는 인터넷을 전부 뒤져 이전에 벌어졌던 경기까지 모두 검색해서 봤다.

떨리는 마음.

그의 시합은 여인의 심장을 녹이는 투혼이 있었고 감정을 사로잡는 마력이 절절히 배어 나와 그녀의 눈을 떼지 못하게 만들었다.

시간이 날 때마다 그의 경기를 보면서 언젠가 직접 만나게 될 날을 기다렸다.

그래, 서유경의 말처럼 자신은 강태산을 직접 만난 적이 없다.

그러나 그렇다고 해서 그녀의 마음이 서유경에 비해 작다는 것은 말도 안 되는 일이다.

당당하게 강태산이 이상형이라고 밝힌 것은 그녀의 마음을 나타낸 단적인 행동이었다.

다음 영화가 보름 후에 크랭크인되기로 한 건 사실이다.

그럼에도 그녀는 강태산을 응원하기 위해 '대단한 도전'에서 같이 갈 사람들을 구한다는 소식을 듣고 모든 일정을 뒤로 미룬 채 참가를 결심했다.

매니저가 차라리 자신을 죽이라며 소리를 높였지만 그녀의 결심은 무너지지 않았다.

이번 기회, 그래 이번 기회에 반드시 강태산을 만나야 한다는 안타까움이 일에 있어서는 언제나 철저했던 그녀를 사정없이 무너뜨렸던 것이다.

                    *   *   *

강태산이 천천히 걸어서 집에 도착한 후 문을 열고 들어서자 외투를 입은 채 마당을 서성이던 은정이 대뜸 소리를 질러 왔다.

"왜 이제 와!"

"기다렸어?"

"전화는 왜 안 받아?"

"전화했었어?"

"이씨, 여러 번 했는데도 안 받아서 무슨 일 있는 줄 알았잖아."

"회의 때문에 무음으로 해놨었거든. 빨리 온다고 했는데 차가 많이 막히더라."

"밥 먹을 시간이 되면 재깍재깍 들어와야지. 식구들 기다리는 거 몰라?"

"미안."

고리눈을 뜬 채 쩌려보는 은정을 향해 강태산이 머리를 긁적이며 바보 같은 웃음을 지었다.

사람이 늦게 오면 먼저 먹을 만도 하련만 권 여사는 언제나 강태산이 들어오기를 기다렸다가 밥을 먹었다.

그가 이 집의 가장이라는 생각을 지녀서였다.

그랬기에 그녀는 강태산이 돌아올 때까지 밥상을 차리지 않는 것이다.

식당으로 들어서며 인사를 하자 권 여사는 아무 일 없었다는 듯 밝은 웃음을 지었다.

그녀는 강태산이 늦게 들어와도 잔소리를 한 적이 한 번도 없었다.

하지만 식탁에 앉아 있던 은영은 가차 없이 직격탄을 날려왔다.

"배고파 죽을 뻔했잖아!"

"다이어트한다면서 무슨⋯⋯."

"나 다이어트 포기한 지 오래거든. 열심히 먹고 건강하게 살 거다."

"그래, 장하다."

"근데 오늘은 왜 늦게 온 거냐?"

"오빠가 요즘 바빠. 출장 준비 때문에."

"언제 간다고 그랬지?"

"다음 주 월요일. 그러고 보니 이제 3일 남았네."

거짓말이다.

자꾸 우연이 겹치면 사실이 된다는 것을 알기에 격투기 선수로서의 강태산이 출국하는 날짜보다 하루를 먼저 떠나는 것으로 말했다.

체육관이나 어디 호텔에 가서 잠을 자는 한이 있더라도 의심을 살 행동은 이제 피할 생각이었다.

그러나, 그건 그만의 생각이었던 모양이었다.

권 여사가 떠 놓은 국그릇을 옮기던 은정이 대뜸 중간에서 끼어들며 눈을 동그랗게 떴다.

"어라, 강태산 선수도 화요일 날 출국한다고 하던데 이번에도 오빠랑 떠나는 게 비슷하네."

"그래? 그런데 너는 그걸 어떻게 알았어?"

"요새 내가 그 사람 때문에 무척 힘들거든."

"그것참 이상하네. 네가 걔 때문에 왜 힘드는데?"

"일 때문에 그러지."

"무슨 일?"

"우리 부장님이 그 사람 광고 출연 때문에 몇 번 찾아갔는데 코빼기도 못 봤나 봐. 그것 때문에 사무실 분위기가 완전

최악이야."

"걔가 광고에 나올 정도로 유명해졌어?"

"오빠는 뉴스도 안 보냐. 그 사람 지금 우리나라에서 인기 캡이야. 광고료도 엄청 책정되어 있어. 출연만 하면 달라는 대로 준다는 기업들이 줄을 섰거든."

"격투기 선수가 무슨… 걘 아직 챔피언도 아니잖아."

"그만큼 광고효과가 크기 때문이야. 그 사람은 번 돈을 전부 불우한 사람을 돕는 데 쓴다니까 기업들이 발 벗고 나서는 거지. 광고료를 왕창 줘서 강태산을 잡으면 자신들의 이미지를 최고로 끌어 올릴 수 있으니까 전부 난리들이 아니야."

"개천에서 용 났네. 그놈 작전상 일부러 그런 거 아닐까. 이미지 끌어 올려서 돈 벌려고?"

"일각에서는 그런 생각들도 하더라."

"거봐. 분명 그럴 거야. 세상에 어떤 놈이 피 흘리면서 맞아 번 돈을 전부 내놓겠어? 분명 뻥일 거야."

"뻥 아냐."

"아니긴 뭐가 아니야?"

"그런 소문이 있어서 언론에서 알아봤나 봐. 그랬더니 그 사람 이름으로 기탁받은 데가 벌써 열 군데도 넘는대. 기탁한 돈을 합치니까 5억이 넘는다네."

"미친놈이구만."

"이상한 사람이긴 하지."

"그래도 난 호감이 안 가. 착한 일은 모르게 해야 한다고 했는데 대놓고 잘난 척하잖아. 왼손이 한 일을 오른손이 모르게 하라는 예수님의 말씀도 모르는 모양이다."

"오빠야, 텔레비전 좀 봐라."

강태산이 불퉁거리는 목소리로 말을 한 후 입술을 주욱 내밀자 그동안 잠자코 있던 은영이 대신 나섰다.

그녀는 정말 배가 고팠던지 열심히 숟가락을 놀리다가 답답했던지 강태산을 향해 소리를 쳤다.

"그 사람 일부러 그런 거래. 있는 사람들이 없는 사람들을 돕기를 바란다면서 우리나라 사회가 그렇게 변하기를 바라는 마음에 솔선수범하겠다는 거잖아!"

"언제까지 그런대?"

"앞으로도 쭉."

"걔는 장가도 안 갈 생각인 모양이다. 번 돈 전부 내놓으면 뭐로 장가가니?"

"헐, 오빠나 신경 쓰셔요. 오빠는 뭐 벌어놓은 돈이나 있어?"

"없지."

"대답은 잘한다."

"호호, 네가 몰라서 그러는데 태산이 알부자야. 지금까지 번 거 전부 저축하고 있대.”

“엄마는 무슨 그런 말도 안 되는 말씀을 믿고 그러세요. 내가 봤을 때 오빠는 완전 무일푼일 거다.”

“왜 그렇게 생각하니?”

“중형차 사는 거 봐. 회사까지 거리가 얼마나 된다고. 저런 사람이 장래 걱정이나 하겠어?”

“엄마한테는 적금 꼬박꼬박 넣는다고 그랬어. 그렇지, 태산아?”

“그럼요. 매달 백만 원씩 저축해요.”

“얼씨구. 정말이야?”

“그래.”

“얼마나 모았는데?”

“오천만 원.”

“고생하셨네. 그런데 그 돈으로 어쩌실라고. 그거로는 전세도 못 얻어요.”

“부잣집 딸 만나면 된다.”

“이씨, 말하는 거 하고는…….”

뻔뻔한 얼굴로 강태산이 대답하자 세 여자가 동시에 고리눈을 떴다.

차라리 불쌍한 표정을 지었다면 동정표라도 얻었을 텐데 강태산은 싸가지 없는 대답으로 몰매를 자처했다.

권 여사가 불쑥 입을 연 것은 여동생들이 한심하다는 시선으로 강태산을 열심히 째려볼 때였다.

"태산아, 다영이하고는 어떻게 돼가? 다영이는 선생님이니까 네 기준에 딱 맞잖아. 집도 여유 있고?"

"그 정도 가지고는 안 돼요. 잘 먹고 잘 살려면 재산이 한백억 정도는 돼야죠."

"일루 와, 한 대 맞자!"

기어코 여동생들이 자리에서 벌떡 일어섰다.

이번에 강태산이 저지른 만행은 얻어맞아도 할 말이 없을 정도로 확실하게 공분을 샀다.

강태산은 숟가락을 들고 반항을 했으나 은정과 은영이 번갈아가며 구타했기 때문에 어깨를 두 방이나 맞은 후 소리를 질렀다.

"야, 밥 먹을 때는 개도 안 건드린다고 했는데, 너희들 너무한 거 아니냐?"

"너무하긴 뭐가 너무해. 그럼 우리는 돈 없으니까 늙어 죽으란 말이야?"

"그런가?"

"하여간, 오빠는 사상이 불건전해. 완전 도둑놈 심보라고. 다영이 언니 정도면 오빠한테는 완전 분에 넘치는 사람이거든. 그런데 뭐, 그 정도 가지고는 안 돼?"

"태산아… 혹시 다영이하고 무슨 일 있니?"

"고민 중입니다. 저랑 안 맞는 것 같아서요."

"왜?"

"은영이 말대로 제가 자격이 너무 부족해서 사귄다는 게 미안하거든요."

강태산이 말을 마치고 숟가락으로 밥을 퍼서 국에 마는 모습을 보며 식구들의 입이 동시에 닫혔다.

특히 은영이의 얼굴은 삽시간에 어둠 속으로 빠져들었다.

밥을 먹는 시간은 언제나 즐겁다.

오빠의 여유 있는 성격은 그녀가 시비를 걸어도 언제나 따뜻한 농담으로 덮어주며 행복한 마음이 들게 만들어주었다.

아무런 생각 없이 한 말이었다.

오빠의 직장이 안정되지 못하니 능력이 없음을 자각하고 분수를 차리라는 말을 하려던 것이 아니었다.

그저, 오빠와 즐겁게 밥을 먹고 싶었을 뿐이다.

그러나 막상 강태산이 정색을 하고 고민에 빠진 얼굴을 하자 마음이 덜컹 내려앉았다.

오빠는 누구보다 행복해야 한다. 예쁜 여자를 만나 단란한 가정을 꾸리는 걸 간절히 원했으니 다영이 언니와 정말 잘되기를 바랐다.

그랬기에 은영은 미안하다는 말을 하려고 천천히 숟가락을 내려놨다.

사과는 언제나 정중해야만 진실을 보여주는 법이니까.

강태산이 갑작스럽게 불쑥 입을 연 것은 은영이 막 미안하다는 말을 하려 할 때였다.

"은영아, 나 아프리카 출장 가잖아. 거기는 악어들 많거든. 내가 악어 잡아서 가죽을 통째로 가져오면 가방 여러 개 만들 수 있을 거야. 어때, 괜찮은 생각 아니냐?"

*　　　*　　　*

강태산은 검은색 정장을 입은 채 선글라스를 쓰고 공항으로 들어섰다.

기자들의 숫자는 이전보다 훨씬 늘어나 거의 오십 명에 육박하고 있었다.

그들이 원하는 대로 포즈를 취해주었다.

어차피 대중에게 노출될 거라면 제대로 하는 것이 오히려 자연스럽다는 판단을 내렸던 건 휴 잭맨전부터였다.

인터뷰를 하는 동안 그를 알아본 사람들이 구름처럼 몰려들었다.

시합이 다가올수록 강태산이란 이름은 포털사이트 상단에서 내려올 줄 몰랐고 그의 동향에 관한 뉴스들도 거의 매일 언론에 등장했다.

무명일 때는 격투기 선수 강태산이란 이름으로 살아가는 것이 어렵지 않았으나 사람들이 알아볼 정도로 유명해지자 작은 오피스텔을 얻어 위장 주소지를 만들었고 핸드폰도 따로 장만할 수밖에 없었다.

그의 바꿔놓은 핸드폰은 거의 매일 언론 기자들과 팬들의 전화로 하루에 이백여 통씩 부재중 전화가 찍혔다.

모든 인터뷰가 끝나고 강태산이 스태프들과 함께 걸음을 옮기는 순간 최유진과 김숙영이 좌우측으로 달라붙었다.

이번에 그의 일행에 대한 모든 경비와 일정 체크는 주관 방송사인 JYN에서 도맡았지만 최유진은 강태산에게 동행 취재를 허락했다.

김숙영은 강태산이 냉정하게 대하자 더 이상 치근거리지 않았다.

역시 수많은 남자들과 섹스를 즐겼다더니 쿨한 성격을 가진 모양이었다.

하지만, 그녀의 눈에는 언제나 강태산에 대한 바람이 담겨 있었다.

강태산이 손만 내민다면 김숙영은 기다렸다는 듯이 옷을 벗고 달려들 것이다.

뉴욕에 도착하자 김 관장을 비롯한 스태프들과 국내에서

따라붙었던 취재진은 눈을 휘둥그레 뜨면서 놀라움을 감추지 못했다.

위상의 변화.

폭스를 비롯해서 CNN 등 미국의 유력 방송사들은 물론이고 일본과 브라질 등 세계의 유력 언론 취재진들이 강태산을 기다렸는데 그 숫자가 백여 명에 달했다.

그들은 강태산의 뉴욕 입성 장면을 찍기 위해 오래전부터 기다리고 있었던 모양이었다.

이전 휴 잭맨과의 시합 때를 생각해 본다면 정말 엄청난 위상의 변화였다.

뉴욕공항을 이용하던 사람들이 큰일이 난 줄 알고 몰려들었을 정도로 기자들의 반응은 뜨거웠다.

강태산이 입국장을 나서자 카메라의 플래시가 별빛처럼 번쩍거렸다.

마치 할리우드의 톱스타를 취재하는 것처럼 그들은 쉴 새 없이 셔터를 눌러댔다.

그뿐만이 아니었다.

지금까지 한 번도 마중 나오지 않던 UFC 회장 톰슨은 직접 리무진까지 끌고 와서 강태산을 호텔로 모셨다.

강태산은 현재 자신이 UFC에서 가장 핫한 선수라는 걸 몸으로 보여주고 있었다.

UFC는 관중들의 반응으로 돈을 버는 집단이다.

연속해서 5번이나 오늘의 파이트에 선정될 정도로 엄청난 경기력을 보여준 강태산은 UFC에게는 보배 같은 존재였다.

공식 기자회견.

UFC는 빅 이벤트로 마련된 UFC 463의 홍보를 위해 대규모의 공식 기자회견을 마련했는데 그 규모가 다른 때에 비해 무려 두 배나 컸다.

무적의 챔피언 도살자 맥도웰과 옥타곤의 야차 강태산의 대결.

불현듯 나타나 강자들을 차례대로 꺾으며 옥타곤을 휩쓸어 버린 강태산의 출현은 전 세계 격투기 팬들을 흥분 속으로 몰아넣기에 충분하고 남았다.

비록 도박사들이 60 : 40으로 맥도웰의 우세를 점치고 있었으나 팬들은 승부를 떠나 불꽃같은 강태산의 인파이팅을 볼 수 있다는 기대감으로 격투기 팬들은 시합이 시작될 그 순간을 간절히 기다렸다.

강태산이 먼저 무대로 올라가자 일주일 전 공항까지 나와 마중했던 톰슨이 특유의 부드러운 미소를 지은 채 손을 내밀어왔다.

그는 기자들을 향해 포즈를 취하라는 말을 하며 자신이 먼저 몸을 틀었다.

언제나 미소를 짓고 있는 자는 마음을 읽기 어렵다.

예전 무림에서 살아갈 때 웃음 속에서 살인을 저지르는 자들을 수도 없이 많이 봐왔기에 강태산은 그의 미소를 믿지 않았다.

웃음을 달고 살아가는 놈들의 살인 방식은 훨씬 잔인했고 비열했는데 지독한 성정을 가진 자들이 대부분이었다.

강태산은 톰슨이 짓고 있는 웃음에서 그런 자들의 모습을 봤다.

비록 톰슨이 자신을 향해 지금은 간도 빼줄 것처럼 행동하고 있지만 언젠가 그가 패배의 수렁에 빠진다면 뒤도 돌아보지 않을 것이다.

공식 기자회견은 경기가 시작되기 3일 전에 시행되기 때문에 장내의 분위기는 뜨거워질 대로 뜨거워진 상태였다.

강태산과 톰슨이 악수를 하는 순간 카메라의 플래시들이 무차별적으로 터졌다.

하지만 그것은 맥도웰이 나타나 강태산의 손을 잡는 순간에 비하면 아무것도 아니었다.

셔터를 누르는 기자들의 모습은 마치 전쟁터를 보는 것처럼 광란에 가까웠다.

강태산은 무표정한 얼굴로 다가와 손을 내미는 맥도웰의

손을 잡았다.

두툼하다. 그리고 굳은살로 가득 찼다.

연습 벌레라더니 그는 이 시합을 위해 엄청난 훈련량을 소화한 모양이다.

눈을 보면 알 수 있었다.

깊게 가라앉은 눈.

맥도웰의 눈은 무슨 생각을 하는지 알 수 없을 정도로 회색빛으로 젖어 있었다.

드디어 톰슨이 모두 발언을 끝나자 기자들의 질문이 시작되었다.

제일 먼저 강태산에게 질문을 던진 것은 폭스스포츠의 격투기 전문 기자 라이언이었다.

"미스터 강, 타이틀전을 준비하면서 어려운 점은 없었습니까?"

"질문의 내용이 이해되지 않습니다. 명확하게 질문해 주시기 바랍니다."

"상대인 맥도웰은 무결점의 챔피언이라고 알려져 있기 때문에 드린 질문입니다. 훈련 과정에서 어떤 준비를 했는지 알고 싶습니다."

"나는 상대에 따라 훈련을 바꾸지 않습니다. 다른 때와 똑같은 패턴으로 훈련했습니다."

강태산의 빙긋 웃으며 대답을 마치자 이번에는 일본 기자가 자리에서 벌떡 일어났다.

"이번 경기에서 도전자께서는 특유의 인파이팅을 펼칠 거란 소문이 있습니다. 사실입니까?"

"사실입니다."

"맥도웰의 펀치는 무서울 만큼 강하기로 유명합니다. 인파이팅을 펼치면 불리할 거란 전문가들의 평가가 있는데도 인파이팅을 펼친다니 이해하지 못하겠습니다."

"전적을 보면 알겠지만 맥도웰 선수의 KO율은 85%에 불과합니다. 그러나 나는 상대한 선수들을 모두 KO로 끝냈습니다. 같은 인파이팅으로 붙는다면 불리한 것은 오히려 맥도웰 선수가 될 겁니다."

강태산의 당당한 답변에 기자들의 반응이 술렁거렸다.

도대체 무슨 배짱으로 저렇게 단언하는 것일까.

물론 강태산의 말이 사실이지만 경기 내용이 달랐다.

강태산은 치열한 접전을 펼치다가 상대를 쓰러뜨렸지만 맥도웰은 단발 펀치로 적들을 무너뜨렸으니 단순 비교한다는 것은 말도 안 되는 것이었다.

하지만 기자들은 곧 정신을 차리고 다른 질문을 퍼부었다.

맥도웰의 단점이 뭐라고 생각하는지, 다른 때와 거의 비슷한 시기에 뉴욕으로 들어왔는데 시차 적응에 어려움은 없겠냐는 질문과 심지어 컨디션 조절을 위해 음식은 어떻게 하고 있느냐는 시시콜콜한 질문까지 쏟아졌다.

하지만, 가장 결정적인 질문은 CNN의 로간에게서 흘러나왔다.

"미스터 강. 이번 시합을 스스로 평가했을 때 승률이 얼마나 된다고 생각하십니까?"

"100%!"

미리 짠 걸까?

아마 그랬을지도 모르겠다.

기자라는 놈들은 어떤 식으로든 특종을 만들어내야 하는 자들이니까 결정적인 질문을 가장 맨 마지막에 배치해 놨을 수도 있다.

기자들은 하이에나 같았다.

강태산이 자신의 승리를 확신하자 벌 떼처럼 달려들기 시작했다.

그동안 맥도웰에게 질문을 하지 않고 강태산에게 집중적으로 질문을 한 것은 이런 결과를 끌어내기 위함인 것 같았다.

강태산에게 몰렸던 질문들이 맥도웰에게 향한 것은 기자회견에서 극적인 장면을 연출하기 위함이었다.

"챔피언께 물어보겠습니다. 강태산 선수가 승리를 확신하는데 챔피언은 어떻게 생각하십니까?"

기자들의 시선이 한꺼번에 맥도웰에게 몰렸다.

한 기자가 자신들이 가장 듣고 싶어 한 질문을 대신 해주자 그들은 박수라도 보내고 싶은 표정을 지었다.

두 번째 줄에 앉아 있던 기자의 질문에 맥도웰의 회색빛 눈에서 가소로움이 흘러나왔다.

하지만 그는 웃지 않았다.

"지금까지 나에게 도전한 자들은 전부 강태산과 똑같은 대답을 했습니다. 그러나 그들은 그 누구도 나를 이기지 못했습니다."

"그 말씀은 이번 경기를 낙관한다는 뜻입니까?"

"그렇습니다. 나는 절대 지지 않습니다."

"강태산 선수가 인파이팅을 할 것이라고 공언했는데 그 부분은 어떻게 생각하십니까?"

"여러분도 알다시피 그는 잘못 생각하고 있는 것 같습니다. 강태산이 인파이팅을 펼친다면 그는 1라운드를 넘기지 못할 겁니다."

"왜 그렇습니까?"

"내 주먹이 그를 짓이겨 놓을 테니 말이오."

현지 생방송을 위해 강태산과 비슷한 시기에 들어온 서경석은 위성방송을 위해 현지의 방송국과 협의를 했고 방송에 필요한 절차를 UFC 측과 상의하느라 정신없이 1주일을 보냈다.

그러면서도 따라 들어온 중계팀을 이용해서 강태산의 일거수일투족을 촬영해서 실시간으로 국내로 송출했는데 JYN에서는 그들이 보낸 화면을 매일같이 뉴스화해서 내보내는 중이었다.

대충 방송에 관한 협의가 마무리되자 그는 촬영팀과 함께 강태산의 공식 기자회견에 참여했다.

기자회견은 그야말로 문전성시를 이루었고 두 선수의 신경전이 펼쳐지는 바람에 모든 언론이 난리가 났다.

저절로 웃음이 흘러나왔다.

휴 잭맨전을 TCN 쪽에 뺏기면서 얼마나 조바심을 냈단 말인가.

강태산은 스타성을 타고난 놈이었다.

강렬한 경기 스타일은 물론이고 영화배우 뺨치는 외모로 텔레비전에 나와 국민들의 마음을 단숨에 홀려 버린 상품성은 지금까지 어떤 놈에게서도 찾아보지 못한 것이었다.

강태산의 경기는 아무리 못 잡아도 시청률이 20%를 훌쩍 넘을 것이라는 게 방송 분석실의 예측이었다.

격투기 경기가 20%를 넘는다는 건 아줌마들이 채널권을 쥐고 있는 인기 드라마와 비슷한 수준이다.

하지만 강태산이 경기를 승리로 이끌게 된다면 시청률은

의미가 없어진다.

만약 기대한 대로 강태산이 챔피언에 등극하는 순간 강태산의 경기는 반복 재생되면서 수도 없이 울궈먹을 수 있는 황금 알로 변한다.

더군다나 광고는 이미 만땅이 된 상태였다.

그것도 골든타임에 나가는 금액보다 무려 두 배나 더 책정했음에도 대기업들이 미친 듯이 달려들었기 때문에 광고는 벌써 보름 전에 마감이 된 상태였다.

일요일 한낮에 펼쳐지는 격투기 시합에서 보름 전에 광고 판매가 끝났다는 것은 강태산의 인기가 하늘을 찌르고 있음을 단적으로 나타내 주는 것이었다.

이제 3일이 지나면 역사적인 승부가 펼쳐진다.

저절로 가슴이 뛰었다.

그랬기에 그는 기자회견이 끝나자마자 곧장 호텔로 돌아와 중계방송의 PD인 나인환과 '대단한 도전'의 PD 현동헌을 방으로 불러들였다.

두 사람이 들어오자 서경석이 냉장고를 열고 음료수를 꺼내 탁자에 올려놓았다.

방에는 회의할 수 있는 의지와 탁자가 배치되어 있었는데 그가 호텔 측에 특별히 부탁해서 마련한 것이었다.

"바쁘지?"

"정신없네요. 국장님 저는 메디슨 스퀘어가든에 가봐야 합니다. 시간이 별로 없습니다."

나인환이 대답하자 서경석이 의문을 담은 얼굴로 물었다.

회의를 위해 불렀는데 대뜸 나인환이 가봐야 한다는 말을 했기 때문에 조금은 불쾌한 감정도 담겨 있는 것이었다.

하지만, 나인환은 서경석이 그런 표정을 짓자 다급하게 자신의 처한 사정을 말했다.

서경석은 JYN에서 대단한 영향력을 가진 사람이다.

그에게 잘못 보였다가는 기껏 노력해서 픽스된 자리를 빼앗길지도 몰랐다.

그랬기에 그의 목소리는 급했다.

"가든 쪽의 담당자와 UFC 쪽하고 중계 위치를 협의하기로 되어 있습니다. 3시에 약속을 했기 때문에 지금 출발해야 됩니다."

"그렇다면 가봐야지. 오늘 회의하자고 한 건 바로 그런 것 때문이었어. 나 PD, 이번 중계는 우리 방송국의 사활이 달려 있다는 거 잊지 마. 철저하게 준비해서 조금의 미스도 발생하지 않도록 조심해."

"알겠습니다."

"가봐."

서경석의 시선이 현동헌에게로 돌아온 것은 나인환이 급하게 방을 빠져나갈 때였다.

"팀은 언제 들어온다고 했지?"

"내일 들어옵니다."

"일정은?"

"내일은 쉬고 모레 강태산 측하고 미팅을 하기로 했습니다."

"모레면 시합이 하루 남았을 텐데 해준대?"

"김숙영이 간절하게 사정한 모양입니다. 30분 정도 할애해 주겠다고 하더군요."

"부족하지 않겠어?"

"그 정도면 됩니다. 간단하게 이겨달라는 주문 정도만 넣을 거니까 시간이 부족하지는 않을 겁니다. 그놈도 우리나라 최고의 스타들이 응원을 왔으니까 힘이 부쩍 솟을 겁니다."

"가운데 다리가 솟으면 곤란해. 워낙 예쁜 애들이라서 머리가 돌아버리면 큰일 난다."

"하하, 그럴 리가 있겠습니까."

"시나리오는 잘 짜놨지?"

"작가들이 벌써 대본을 완성해 놓은 상탭니다. 주 내용은 응원에 관한 것들이고 경기가 끝난 후 강태산의 상태를 봐서 하루 정도 촬영할 예정입니다."

"그놈이 지거나 부상을 입어서 촬영이 불가능하다면?"

"다른 내용을 집어넣어야 되겠죠."

"강태산이 이기라고 기도라도 해야겠구나."

"저는 벌써 어제 교회에 다녀왔습니다."

"씨발, 나도 갔다 와야겠네."

"그러시죠."

"우리 기도가 먹혀서 강태산이 이긴다면 반드시 의도한 대로 끌고 가라. 김가을과 서유경이 한꺼번에 나오는 그림은 앞으로 우리 남은 생에서 다시는 없을지도 몰라."

"알고 있습니다. 걔들이 바쁜 스케줄을 미루면서까지 온 건 강태산 때문이 확실합니다. 그러니 좋은 그림을 만들어낼 수 있습니다. 문제는 강태산인데요, 그놈이 우리 의도대로 따라줄지 걱정입니다."

"최고의 여배우들과 데이트를 한다는데 어떤 놈이 거부를 하겠나. 그건 걱정하지 마!"

『투신 강태산』 6권에 계속…

초대형 24시 만화방

신간 100%, 샤워실, 흡연실, 수면실(침대석), 커플석, 세탁기 완비

■ 시흥 정왕25시점 ■

경기 시흥시 정왕동 1742-13 미스터피자 건물 5층
031) 319-5629

■ 강북 노원역점 ■

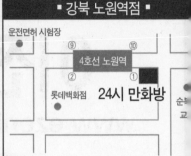

서울 노원구 상계동 340-6 노원역 1번 출구 앞 3
02) 951-8324 (화용빌딩 3층)

■ 일산 정발산역점 ■

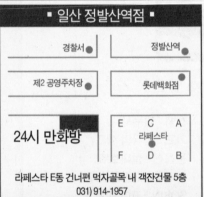

라페스타 E동 건너편 먹자골목 내 객잔건물 5층
031) 914-1957

■ 일산 화정역점 ■

경기도 고양시 덕양구 화정동 984번지 서일빌딩
031) 979-4874 (서일사우나 건물 7층)

■ 부천 역곡역점 ■

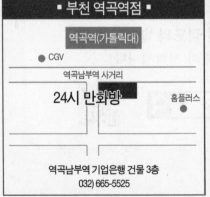

역곡남부역 기업은행 건물 3층
032) 665-5525

■ 부평역점 ■

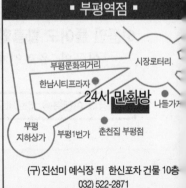

(구)진선미 예식장 뒤 한신포차 건물 10층
032) 522-2871

미러클
테이머

인기영 장편소설

FUSION FANTASTIC STORY

MIRACLE
TAMER

이계로 떨어져 최강, 최고의 테이머가 되었다.
그러나… 남은 것은 지독한 배신뿐.

배신의 끝에서 루아진은 고향, 지구로 되돌아오게 되는데……
몬스터가 출몰하기 시작한 지구!
그리고 몬스터를 길들일 수 있는 테이머 루아진!
그 둘의 조합은……?

『미러클 테이머』

바야흐로 시작되는
테이머 루아진과 몬스터들의 알콩달콩한
대파괴의 서사시!!

Publishing CHUNGEORAM

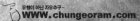

GRAND SLAM 그랜드슬램

FUSION FANTASTIC STORY

자미소 장편소설

2016년의 대미를 장식할 최고의 스포츠 소설!!

Career record : 984W 26L
Career titles : 95
Highest ranking : No.1(387weeks)
Grand Slam Singles results : 23W
Paralympic medal record : Singles Gold(2012, 2016)

**약 십 년여를 세계 최고로 군림한 천재 테니스 선수.
경기 내내 그의 몸을 지탱하고 있는 것은…… 휠체어였다.**

『그랜드슬램』

**휠체어 테니스계의 신, 이영석(32).
그는 정상의 자리에서도 끝없는 갈망에 사로잡혀 있었다.**

"걷고 싶다, 뛰고 싶다. …날고 싶다!!"

**뛸 수 없던 천재 테니스 선수
그에게, 날개가 달렸다!!!**

Book Publishing CHUNGEORAM

유행이 아닌 자유추구 -
WWW.chungeoram.com

GAME BALL

게임볼 설경구 장편 소설
FUSION FANTASTIC STORY

무명의 야구인이었던 남자,
우진이 펼치는 야구 감독으로서의 화려한 일대기!

『게임볼』

"이 멤버로 우승을 시키라고?"

가상 야구 게임,
게임볼을 통해 인생 역전을 꿈꾸는

한 남자의 뜨거운 행보에 주목하라!

투신
강태산

박선우 장편소설

FUSION FANTASTIC STORY

무림을 휩쓸던 '야차(夜叉)'가 돌아왔다.

『투신 강태산』

여행사 다니는 따뜻한 하숙생 오빠이자
국가위기 특수대응팀 '청룡'의 수장.
그리고 종합격투기계를 휩쓸어 버린 절대강자.
전 세계를 무대로 펼쳐지는 투신 강태산의 현대 종횡기!!

"나는, 나와 대한민국의 적을, 철저하게 부숴 버릴 것이다."

서러웠던 대한민국은 잊어라!
국민을 사랑하는 대통령과 절대강자 투신이 만들어 나가는
새로운 대한민국이 펼쳐진다!!

FUSION
FANTASTIC
STORY

서산화 장편소설

Miracle Direction
기적의 연출

천재 영화감독, 스크린 속 세상을 창조하다!

『기적의 연출』

대문호 신명일과 미모로 손꼽히던 여배우 김희수의 아들 신지호.
일가족은 불운한 사고로 인해 크나큰 비극을 겪는다.
이 사고로 섬광 기억(Flashbulb memory)이라는 능력을 얻게 된 그 순간!
그의 모든 게 달라졌다.

"배우의 혼을 이끌어내고, 관중의 영혼을 붙잡아야 합니다.
그게 제 목표입니다."

완전한 감독을 꿈꾸는 신지호.
이제 그의 영화가, 세상을 홀린다!

Book Publishing CHUNGEORAM

유행이 아닌 자유추구 -

WWW.chungeoram.com